詩人之橋

【英美詩歌賞析】

羅　青／著

臺灣 學生書局 印行

修訂版序

　　《詩人之橋》由五四書店初版於一九八八年十二月，蒙許多學校採用做教課書或英詩輔助讀物，數月之內，便又重印一次。不久，五四書店因故停擺，賜還版權；我則因獲傅爾布萊德國際交換教授獎，赴美聖路易華盛頓大學客座，一時之間，無暇照顧此書，重版的事便拖了下來。今年夏由美轉英國牛津大學講學、畫展歸來，得知學生書局有意為此書出修訂版，於此略書數語，以誌瀚海書緣。

癸酉秋，　　羅　青　於小石園

目錄

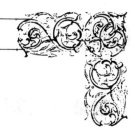

目錄

2

目錄

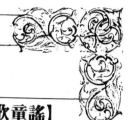

過河拆橋讀英詩

〔1〕

不同的語言，形成不同的文化，而不同的文化之間，總有一道大大的語言鴻溝，不易跨越，有如大河分割兩岸。而不同的文化河岸，孕育出不同的風景人物、不同的藝術文學。在一種語言中研究、閱讀的人，如想瞭解欣賞其他語言中的奇花異卉，那就非通過翻譯的橋樑不可。翻譯者，就是在不同語言文化的河岸間，涉水架橋的人。

不過，有時即使是在橋造好了之後，想要過橋的人，還是不知道如何使用。尤其是文學語言的河岸，地形千奇百怪，架橋的人，往往要因勢結構，隨地創造，建出新式的橋來，等待有能力的人來使用。有時候，想要過橋的人，太過害怕河水的洶湧，眼花撩亂，無法過橋。那造橋的人，在橋架好之後，還必須當眾把橋拆解一遍，向大家介紹，造橋的過程，使用的方法，保證其安全性及可靠性，然後再送渡河人過橋。

詩在文學作品的河岸中，是最奇異的風景，最獨特的地形。讀者讀本國詩，都不見得完全瞭解，更何況讀外國詩。因此，在介紹異國詩歌的時候，往往要先造橋再拆橋。那就是說，譯者在翻譯好作品之後，還要加上註釋解說，賞析詮釋，方能真帶領讀者欣賞到域外的奇花異卉，以及怪偉的風景。

當然，造橋人在架拆之際，最希望的就是，渡河人在過橋之後，把橋忘掉，然後無拘無束的，自由欣賞對岸的風景人物。甚至一時興起，自己架設新的橋來，返回到自家岸邊，爲更多的渡河人，以不同的角度，介紹對岸同一地點的風景。

〔2〕

我第一次接觸英詩，是在電視上播出的英語教學影集裏，當時介紹的是美國詩人佛洛斯特的「雪夜駐馬林畔」。那一年我剛考上高中，英文已有些基礎，看到此詩，以爲英詩都是這樣，用字平易，意思淺顯，音韻美妙，這使我學習的興趣大增；再加上電視裏有實地實景的影片配合，有佛氏親自朗誦配音，把該詩的氣氛與境界，幾乎表現到完美的地步，看得我目眩神搖大爲感動，用不了多少時間，便將之背了下來。從此，我開始用心留意這方面的材料，與英詩結下了不解之緣。

高二時，我有機會讀到朱生豪先生譯的莎士比亞及梁實秋先生譯的莎翁十四行詩，馬上被其中奇警精彩的比喻所折服，對英詩的詩味，有了進一步的瞭解。

上了大學之後，我開始有計劃的學習閱讀英詩。先從《鵝媽媽童謠》開始背起，用心體會英語的音韻節奏之美，然後再從浪漫詩人的名作如「夜鶯頌」之類的，一路讀到現代詩人的長篇巨製「荒原」。等到我對現代詩有些初步的認識以後，方才又回頭去讀十六世紀玄學派詩人，及十七世紀新古典主義的作品。

大學時代閱讀英詩，以查字典，瞭解大意爲主，貪多求快，連什麼是自己喜歡的，都分不太清，更不用說品評優劣，月旦甲乙了。畢業後，在服兵役期間，每週利用假日，跑到台中或台南的美國新聞處圖書館裏去讀詩，這才慢慢開始能分辨自己喜歡的是哪一種詩，其中優點何在？妙處何在？於是便暗暗興起了翻譯解說英詩

的念頭。

我認爲譯詩的首要條件是，譯者對詩及詩人要有相當深刻的認識及體會，換句話說，就是擅於選詩，選自己認爲絕妙的好詩來翻譯。第二個要件是要能把自己的體會及心得，在註解中，表達出來。這也就是說，把譯者認爲詩中的妙處，點出來。有些人認爲譯者應該保持中立，把作品譯出即可，其中的妙處，讓讀者自己去體會。但我總覺得這是一種不負責任的藏拙法，不足爲訓。

每次諾貝爾獎公佈時，如果得主是詩人，第二天報上副刊一定有幾首譯詩配合刊出，而其結果，往往是不堪卒讀，不知所云；要不然就是平庸膚淺，無啥可觀。究其原因，還是譯者對詩人及其作品無深刻的瞭解，譯前既無能力選出絕妙之作，譯後也無能力推敲詮釋，點出妙處；於是，只有硬查字典，交差了事。這樣譯詩，不但破壞了詩人的名聲，同時也弄壞了讀者的胃口。因此，我覺得，譯詩一定要加註解及詮釋，以供讀者在欣賞時做爲參考。當然，讀者讀罷譯文，也可另做解人，自出新意，不必一定囿於譯者的說法而固執不知變通。

〔3〕

多年來，我讀詩、賞詩、教詩，也慢慢累積了一些經驗，建立了一己的看法，漸漸有了獨立品評鑑定的能力。以往讀詩，多靠現成編選的集子，以爲既經名家選出，當然一定是好詩；在讀時拼命往「好」處去推想去解釋；在譯時，則更是刻意尋求其中的「妙」處，強做解人。但是到了後來，便常發現，有名的選家，也有看走眼的時候，要讀好詩，還得靠自己在原作者的詩集之中，精挑細選一番。一旦有所發現，那眞是像沙裏挑得金塊，欣喜高興萬分，得意自負非凡。

我常常想把自己所讀到文藝復興以後的英詩，擇其精妙，一一

加以翻譯詮釋，介紹給中國讀者。幾年下來，才發現，這是一項巨大的工程，斷斷無法用打游擊戰的方式去完成。工作只開始了一點，便懸在那裏，不上不下的，十分痛苦。只好使出賴皮的跳島戰術，把十八、十九、二十世紀的英美詩人，各選一些，勉強湊出一點規模。此外，我也想在英美的詩刊報章上，選些無名新人的作品，加以批評褒貶，試驗一下自己獨立選詩論詩的能力。幾年下來，也得到了一點成績。至於在品評之餘，是否能流露出一點點眞知灼見？那我就不敢說了！不過，至少文中的一字一句，都是我的肺腑之言，絕無隨便拾人牙慧，強不知以爲知的地方。

中國學生習英詩，最大的困難是文化常識的隔閡，其次則是對詩（包括中國詩）本身的欣賞能力之不足。要克服這兩樣缺點，絕非一朝一夕能辦，只有靠耐心苦學、聰慧、閱歷及時間，來加以補足，這是無論如何急不來的。至於屬於英文語言的問題，則比較簡單。首先，在單字方面，就要多查、細查，在沒有把字典裏全部的解釋，仔細讀完之前，千萬不要任意選一個意思去解詩，一定要從上下文來判斷決定，該用何解，方才恰當。因爲，百分之八十以上不通的譯文，都是在查字典時，太過疏忽所致。至於文法方面，則要注意動詞時式、時態的運用。因爲英文是靠時式、時態來表達重要意義的。譯者如果在這方面疏忽了，那譯文就可能失之毫釐，差之千里，完全誤解了原意。對中國讀者來說，中文動詞無明顯時式、時態的分別，因此在閱讀時，十分容易疏忽，造成很大的誤譯。這一點，習英詩者，一定要特別留心。

英詩與中詩不同的地方很多，其中最明顯最大的不同，在英詩喜把普通名詞或抽象名詞擬人化或擬物化。然後再讓這些名詞之間，發生戲劇性的關係，表達出言外之意、弦外之音。例如莎士比亞《十四行詩集》第二首開頭的名句：

　　　　四十個冬天圍攻你的容顏，

> 在你美貌平原上挖掘壕溝的時候，
>
> When forty winters shall besiege thy brow,
> And dig deep trenches in thy beauty's field,

或是

> 當我召喚往日的回憶，
> 前來甜蜜默想的公堂，
>
> When to the sessions of sweet silent thought,
> I summon up remembrance of things past,

在詩中，「冬天」被擬人化成「兵士」，「美貌」則被擬物化成「平原」，「甜蜜默想」成了「法庭」，「我」成了「法官」，「往日的回憶」成了法庭中的「被告」。這種寫詩法，中國詩中較為少用。然而一旦翻譯起來，却也好像十分輕鬆容易，明白可懂，不必多做解釋。不過，上面舉的例子，只是其中明顯易解者，多半時候還是要細心辨別，方才不致誤解。例如拜倫在他的「希伯來調」（ Hebrew Melodies ）中的名句：

> She walks in beauty, like the night,
> Of cloudless climes and starry skies;

就不能生硬的譯成「她走得很美」之類的句子。因為 walks in beauty 是指在「美的範疇之中行走」，一定要與下文「無雲晴朗的夜晚，繁星點點的天空」相對照之後，其眞正的意思方才顯現了出來。beauty 在此當是指她走在「美的光彩、美的境界中」，一舉一動，無一不美：清秀爽朗，如無雲的夜空；燦爛明麗，如華美的星空。像這樣的句子，看似簡單，要譯得妥當傳神，則十分不易，非高手不能成功，讀者有意，不妨試譯看看。

　　閱讀翻譯英詩，如能把握英語文法特色的細微處，與詩中意象、結構、佈局、章法的精妙處，將二者拿來相互參照，再運用慧

心品賞，那所得的樂趣，一定會超出想像之外的。

〔4〕

民國五十幾年到六十六年十年之間，是國內翻譯英美詩歌的黃金時代。其中名家輩出，如梁實秋、余光中，林以亮、張錯（翔翔）、錢歌川⋯⋯等，都是一時之選，佳譯不斷，專書亦夥。惜鄉土文學論戰興起，造成了一種排外自閉的風氣，十多年來，不再看到評介英美詩歌的專集出現，使文壇少了一條與外國文藝交流的橋樑，令人爲之扼腕。

近幾年來，台灣社會已轉入一個新的階段，走入了後工業社會，充滿了一股放眼中國，擁抱世界的朝氣。希望在這股氣勢之下，英美詩歌的譯介，也能漸漸甦醒過來，爲喜愛閱讀欣賞詩歌的讀者，多造幾座橋樑，介紹一些新鮮的花卉、人物，一些奇異的故事、風景。

【卷第一】

英國詩

倫敦塔橋左邊

如何淹死一隻老貓

寵貓歸天頌：一首幽默的說教詩

〔1〕

　　有一陣子國內說教載道式的諷諭詩突然增多，大部分皆主題嚴正，詞句淺顯，希望讀者在閱畢後，能瞿然醒悟，從而追隨詩人所揭示的大道理，勇於改過遷善。至於作品是否真能達到目的，那就要看詩人藝術手段之高下了。

　　說教詩本不難寫，但要寫得真好，却也很不容易。往往在詩人求「功」心切之下，作品容易弄得「質」勝於「文」；等而下之的，則成了標語口號，見解平庸似中學生的作文，詞句粗糙如二、三流的散文，叫人旣無法細味，又不堪卒讀，還不如寫成方塊短論，以「公民道德」的形式出現，反而會像樣些。

　　詩，可以載道，當然也可以諷諭。這個創作方向，是值得提倡的。但在做法上，則應重質不重量。載道文字最重要的一點，在引人感人。東西無法感動人，再好的「道」也銷不出去。作品成了標語口號，要想打動人心，豈不難於登天。因此，這種文字即算是數量再多，其效果終歸於零，可能還造成反感，白費工夫，得不償失。

　　所謂「重質」，當指作品在藝術方面的完美，而藝術的完美則一定包括「引人感人」此一要項。至於如何達到引人，進而感人，那是藝術家終生努力以求的目標，過程十分艱辛，不是三言兩語可

以說清楚的。在此，我願意舉一個例子，做為這方面創作的參考。

寵貓歸天頌──淹死在一只金魚缸裏

事情是發生在那高高的瓷缸邊
缸上染畫的是熱鬧的中國彩繪
花朵天藍，朵朵盛開
席莉瑪──虎斑貓中最嬌貴的一種
正斜倚缸旁，做沉思狀
睥視眼下湖水一泓

她敏感的尾巴透露出心中的歡欣
因為她看見自己臉龐圓美，髭鬚雪白
還有那絨絨的掌爪；
皮毛與龜甲斑紋爭勝；
眼耳與翡翠黑玉爭光；
觀罷不禁咪咪自鳴得意。

她靜靜睥視著的，是那水波之中
一對四處游動的天使影像
溪流裏的仙女一雙；
她們鱗鱗的甲冑上，泛著一層泰爾紫
透過那華貴的紫色，
時而閃漏一點金光。

兩位可憐的仙女，突然驚見：
她，先是髭鬚，後是毛爪
連同無比的熱誠

正在徒勞的試著去撈她的獵物
女人的心，有哪個不在乎黃金？
天下的貓，有哪隻不喜歡魚腥？

大膽的女郎！一副專注無比的樣子
一再伸爪，一再彎腰
根本不理會這中間還有深淵一道。
（惡毒的命運則坐在一旁微微而笑）
那滑溜的缸口欺騙了她的腳爪
一陣翻騰，她一頭栽了進去。

在大水之中，上下浮沈了八次之多
她咪咪向諸方水神大叫
祈求派遣及時的援救。
而海豚不來，海女不動；
狠心的蘇珊與湯姆也充耳不聞（註）
受寵之人是沒有朋友的！

此後，美麗的人兒呀，不要再受騙了
要知道，一失足成千古恨；
千萬要勇於小心謹慎。
並非所有吸引妳流盼雙目的，
吸引妳大意輕心的，都是可取而得之的獵物
並非所有能發閃的，都是黃金。

註：「蘇珊與湯姆」是十八世紀貴族家中傭人的通稱。

ODE ON THE DEATH OF A FAVOURITE CAT,

DROWNED IN A TUB OF GOLD FISHES

It was on a lofty vase's side,
Where China's gayest art had dy'd
   The azure flowers, that blow;
Demurest of the tabby kind
The pensive Selima reclin'd,
   Gazed on the lake below.

Her conscious tail her joy declar'd
The fair round face, the snowy beard,
   The velvet of her paws,
Her coat, that with the tortoise vies,
Her ears of jet, and emerald eyes,
   She saw; and purr'd applause.

Still had she gaz'd; but 'midst the tide
Two angel forms were seen to glide,
   The Genii of the stream;
Their scaly armour's Tyrian hue
Thro' richest purple to the view
   Betray'd a golden gleam.

The hapless Nymph with wonder saw:
A whisker first and then a claw,
   With many an ardent wish,

She stretch'd in vain to reach the prize.
What female heart can gold despise?
　　What Cat's averse to fish?

Presumptuous Maid! with looks intent
Again she strech'd, again she bent,
　　Nor knew the gulf between.
(Malignant Fate sat by and smil'd)
The slipp'ry verge her feet beguil'd
　　She tumbled headlong in.

Eight times emerging from the flood
She mew'd to ev'ry watry god,
　　Some speedy aid to send.
No Dolphin came, no Nereid stirr'd:
Nor cruel Tom, nor Susan heard.
　　A fav'rite has no friend!

From hence, ye Beauties, undeceiv'd,
Know, one false step is ne'er retriev'd,
　　And be with caution bold.
Not all that tempts your wand'ring eyes
And heedless hearts, is lawful prize;
　　Nor all, that glisters, gold.

　　本詩的作者是英國十八世紀的大詩人湯姆士・葛雷。葛雷一七
一六年生於倫敦，兄弟十二人，他排行第五，結果順利長大的只有
他一個，其餘的都夭亡了。他從小個性倔強，言語辛辣。高中就讀

於有名的愛登中學，大學則在劍橋的比德屋學院，與潘布魯克學院
深造。他個性特殊，不易與人相處。在比德屋學院時，因同學鬧了
他一個惡作劇，竟憤而轉學至對街的潘布魯克學院。二十二歲，他
因故離開了大學，雖然連張文憑都沒拿到，但却以苦讀及詩才，居
然也在文壇上，博得了一點小小的名氣。

離開學校後，他和中學時代的好友何瑞斯·渥爾普，一起到歐
洲等地去旅行。不過，二人在旅途中天天吵架，最後弄得不歡而
散。葛雷脾氣非常倔強，硬是一個人，獨自遊完了全程。他回到劍
橋後，又繼續唸起書來。這次名義上跟家裏說是去修習法律，實際
上鑽研的，却是他自己喜歡的「希臘文學」。心情平靜之後，他在
倫敦與渥爾普重修舊好。渥爾普在草莓山有一家印刷廠，徵得葛雷
的同意後，替他出版了處女詩集《詩人與詩之發展》。此後，葛雷詩
名漸起，作品雖然不多，但質地却很精美。一七五七年，葛雷四十
一歲，英國皇家封他為桂冠詩人，他竟一口回絕了，行徑之怪，大
大出人意料。漸漸的，他因研究之精及學問之博，成了全歐洲公認
數一數二的大學者。在他六十二歲那年，劍橋為了推崇他的成就，
特別請他回校教「現代語言史」的課程。他雖然答應了開課的請
求，可是一直到他三年後去世為止，一直沒有開過一堂課，演過一
次講。好在英國大學制度自由，再加上他的名氣又大，故也沒有人
來和他為難。

葛雷的詩，有的嚴肅沉鬱，有的輕靈愉快。前者充滿了神話典
故，後者則多半類似寓言。他是第一個研究北歐神話，並引之入詩
的英國詩人，作品一經發表，便普受重視，連帶的，使北歐神話也
得到了新生。十八世紀初期，英國尚在「啓蒙時代」，一切的寫作
與見解，都以理性為歸依。因此載道詩特別風行，諷刺詩也大行其
道。早期的大詩人如波普、朱哀頓、斯威夫特、山姆強生等，都是
個中高手。葛雷因時代風氣的影響，當然也不例外。「寵貓歸天
頌」，就是他載道諷刺方面的佳作。不過，除了上述這類作品之

外，葛雷以嚴肅沉鬱的筆法，寫出來的作品，在英國文學史上，佔有很重的份量。他的「鄉間墓園輓歌」（Elegy Written in A Country Church-Yard），一直到現在，還是英美大中學生必讀的名作。詩中對人性的矛盾與生存的困境，多所闡揚，是一首深沈有力的好詩。可見詩人在寫作上，是需要多面發展的。

「寵貓歸天頌」中所載的道，與一般箴言中講的並無不同，其主旨在勸誡女士們不要因愛慕虛榮，或貪圖金錢，犯下錯誤，遺害終身。但全詩表現的手法，却是生動活潑，而戲劇化的，在平淺或幾乎流於陳腐的主題中，注入一個全新的形式，並將之導演了出來。讀者很容易，就被詩人設計的事件所吸引，一口氣閱畢全詩後，除了會心的微笑外，不知不覺的也接受了詩人所宣揚的道德觀念，可謂始於諷喻而終於「說教」，值得有志從事這方面創作的詩人參考。

〔2〕

在二十世紀的批評術語當中，「訓誨」（didactic）一詞，其負面意義是要大於正面意義的。假如一個詩人的作品，被人評為充滿了「訓誨氣」，那就等於「桓庚諸公」的詩，被鍾嶸譏為「平典似道德論」一樣，馬上給人一種陳腐、枯澀、無聊的印象。因此，「訓誨」一詞，又含有無原創性、富道學氣等暗示，對現代讀者來說，簡直就等於口號、教條或迂腐禮教思想的代名詞，根本引不起細讀玩味的興趣。

在西方文學中，從馬修・阿諾德到 T.S 艾略特等批評家，幾乎大都同意，詩的娛樂功能應該多於訓誨功能。阿諾德在他一八五三年版的詩集序言中曾寫道：

「因此，一篇詩作，僅只在表達上做到精確而引人是不夠的；必須還要能夠叫人從作品中得到樂趣。」①

艾略特在《詩的效用與批評的效用》（The Use of Poetry and the Use of Criticism）一書的緒論中，也提出類似的看法：

「詩人會以各種不同的方式，用自己的藝術手法，去達成訓誨或勸導的目的。不論其成功程度之大小，毫無疑問的，每個詩人都希望提供些樂趣，供人娛樂消遣；通常，詩人都應該很高興的，看到他所提供的娛樂與消遣，能夠被各種不同的人欣賞，至於數量，當然是越多越好。若一個詩人故意選擇去寫一種無法為大衆所接受的文體或主題時，那情況就會變得很特殊，須要一番說明及諒解。不過，我想這種特殊情況出現的機會，可說是少之又少的。運用一種已經普受歡迎的方式寫作是一回事，運用一種自己希望以後終將會普受歡迎的方式寫作，則是另一回事。從某方面來看，詩人對雜耍戲院裏滑稽丑角之地位，是心嚮往之的。」②

現代西方批評家，對詩的娛樂功能之所以如此重視，恐怕還是受了浪漫主義的影響。德國浪漫派大師希勒（Schiller）就曾經斷言：「所有藝術都是為了喜悅而存在的。世上沒有比如何使人快樂更高更重要的問題了。最好的藝術，就是能創造出最高喜悅的藝術。」

浪漫詩人反對一切保守的社會成規，注重個人的自由意志及感情感覺。在形式上，他們反對強調節制（restraint）、融洽（harmony）、對稱（symmetry）、均勻（proportion）等文學規律，在內容方面，則反對理性（reason）與道德訓誨。這種極端的「敏感主義」（Sensitivism）及「個人主義」導致了濫情濫感文學的產生。現代批評家雖然對浪漫派「傷感主義」式的（Sentimentalism）作品，大張撻伐，但其本質上還是擁護個人主義，贊成表現獨特個性的。

詩到底是應該訓誨還是娛樂？這個問題早在羅馬時代，便有人提出，大家爭論不休，各執一端，誰也不能服誰。當時的名詩人兼諷刺家何瑞斯（Horace 65 B. C. −8 B. C.）在他寫的「詩藝」一文裏，指出了一個人人都會想到的折衷答案：

> 「誰能夠把有用又娛人的元素溶合在一起，誰就能兼
> 得訓誨與娛樂，一舉贏得讀者。」③

何氏的答案簡單而完美，但實踐的途徑與方法，却付之闕如。中庸的道理大家都懂，難就難在如何把理論變爲成功的作品。

一千五百年後，英國文學史上第一位詩人批評家菲利浦·西德尼爵士（Sir Philip Sidney）繼承了霍瑞斯的見解，在他那篇經典名作：「詩辯」（An Apology For Poetry）裏，除了不斷強調詩的目的是訓誨兼娛樂外，還進一步指出，詩人應以「娛樂性的訓誨」（delightful teaching）此一原則，做爲創作時的依據。這等於把訓誨當成藥丸，而娛樂則是藥丸外面的那層糖衣。他援引亞里斯多德的模倣說，來爲自己的看法張目，認爲詩人模倣的目的是娛樂與訓誨兼而有之。因此，詩人必須：

> 「以娛樂打動讀者，使之接受詩中所提供的『善』。如
> 無娛樂，讀者將避『善』如避陌路。」

這樣一來，讀者讀詩等於病人吃藥，藥與訓誨是主要的目的，糖衣和娛樂只是引子而已。說穿了，西德尼還是重訓誨而輕娛樂的。他之所以有如此這般的主張，是爲了要據以反駁詩人史蒂芬·高森（Stephen Gosson）所寫的「惡習訓練所」（School of Abuse）一文。高森認爲詩人與吹笛子的、演戲的沒有兩樣，不但是社會上的小丑，也是國家中的蝗蟲，敗壞道德，貪圖享樂，到學校學詩，簡直就等於進了「惡習訓練所」。西氏爲了駁斥高森的謬論，當然要強調詩歌有訓誨人的功用；而娛樂，則是使訓誨功用迅速發揮的催化劑。

對經歷過工業革命、社會革命以及兩次世界大戰的歐洲現代詩人來說，西德尼所強調的道德誡律，可說是早就已完全破產。在一切傳統價值觀念都四分五裂或瀕臨於破碎邊緣的二十世紀，現代詩

人寧可忠於一己獨特的感受，也不願意再去奉行，維多利亞式的虛偽道德規章及做作的行為模式。因此，反對以「窄義的訓誨」來創作的風氣大盛。創作準則為之一變，大家都認為，詩應該以娛樂為主，「廣義的訓誨」（各式各樣能自圓其說的人生觀或哲學思想體系）為輔，一時之間，雜說紛起諸派雜陳，令人目不暇給，眼花撩亂。

可是對十六世紀，西德尼以後的那些新古典主義作家來說，他們所生存的世界，仍是一個統一和諧完整的世界。他們對詩所持的態度與信念，仍繼承著從亞里斯多德到何瑞斯、西德尼的一貫道統，那就是對詩的價值與功用，有著無比的信心。尤其是對十七世紀末，十八世紀初那一羣奧古斯丁詩人(Late Augustan Poets)④，詩中娛樂與訓誨孰重的問題，根本就不存在。他們只一心一意，根據古典批評家所揭示的準則，去創作兩者兼備的作品。因此，在這個時期，創作的數量比理論要多，成就也比理論要大。在他們的佳作之中，我們可以看到訓誨與娛樂是如何的完美配合，效果突出，令人激賞。

如何技巧而有效的把作者的思想傳達出來，以收潛移默化讀者之功，是所有作家必須面對的課題。

湯姆士·葛雷的「寵貓歸天頌─淹死在一只金魚缸裏」一詩，最能夠說明如何把娛樂與訓誨融合為一，而能夠不偏不倚，兩者兼得，免去顧此失彼之病。

此詩的主角是貓，諷諭的對象是貪戀錢財愛慕虛榮的女子。詩人從小貓寫到金魚，從女人寫到金子，其中變化轉位，對比對照，十分自然而不落痕跡。最後兩段的安排，尤見詩人功力。倒數第二段寫虎斑貓失足落水，八次浮沈，無人援救。在讀者看來，此貓是必死無疑了。但詩人並沒有直接描寫到她的死狀。因此，這隻貓倒底淹死沒有，還是個懸疑，讀者必須再往下看，才能找到答案。在最後一段裏，讀者本來預期的是，貓屍被人發現，衆人同聲一嘆。

而詩人却將筆鋒一轉，轉到女人身上，點明全詩的訓誨主旨。

這首詩之所以成功，除了詩人的詩藝高超，技巧精熟外，最重要的是他選對了題材。小貓因貪嘴而淹死在金魚缸裏，是一椿日常生活中的意外事件。然此一意外事件中的幾個主角，在人類生活及行為的範圍內，也都找得到對應的角色，因此詩人便有機會把普遍性的象徵意義，注入原本平凡的經驗之中。例如把女人比喩成貓是一相當普徧性的比喩，不但西洋如此，東方也一樣。理由無他，因為貓在本質及特性上，有許多地方與女人相似，容易相互為喩。金魚英文為 Gold fish，與中文一樣，都有一個「金」字，金光閃閃的外表，與其他魚類比較起來，顯得珍貴很多。而貓兒貪腥，與女人貪金，正好在本質上有相似之處。詩中「人為財死，鳥為食亡」的道德教訓，呼之欲出。由此可見，當詩人發現他所處理的題材或對象本身，具有普遍的象徵意義時，他必須善加把握，努力將之發掘呈現在讀者面前。如果作品中的象徵意義本身，就含有訓誨功能，那只要詩人在發掘時，用比較幽默或輕鬆的方法，便可順利寫出娛樂及訓誨兼顧的作品了。

因此，詩人在從事這方面的創作時，最先要做的，是去發掘日常生活中，含有訓誨素質的經驗或實例。然後再用生動活潑的手法，讓其訓誨的那一面，自然而引人注意的浮現出來。實例與經驗永遠比抽象的哲學思考及訓示，更能夠打動讀者。不過，世上的經驗與實例，並非全都含有訓誨素質。如何選擇發掘具有訓誨素質的材料，那就要看詩人先天的才分及後天的訓練了。選對了題材及對象，詩人想要達到的訓誨目的，也就達成了一半。

註：

① Matthew Arnold,《The Protable Matthew Arnold》, ed. by Lionel Trilling (New York, The Viking Press, 1949), pp.186—187 。

②T. S. Eliot,《The Use of Poetry and Use of Criticism》, (Camdridge, Haward University Press, 1933), pp.31—32 。

③W. J. Bate, 《Criticism, the Major Texts》, (New York, 1952), p.56。

④P. M. Spacks, 《Late Augustan Poetry》, (New Jersey, 1973), pp.204—206。

理性與感性對抗賽

阿波羅與牧羊神的山歌對唱

〔1〕

「阿波羅的歌」與「潘恩的歌」①成於一八二○年，是雪萊（1792～1822）去世前兩年的詩作，可謂晚期精品。前者被名批評家哈羅德・布魯姆（Harold Bloom），譽爲雪萊抒情詩中最佳之一②；後者也被米爾頓・威爾遜（Milton Wilson）讚譽爲雪萊短詩中最完美的一首③。

這兩首短詩是雪萊爲他太太瑪麗（Mary Shelley）的詩劇「麥達斯王」（Midas）第一幕第一景所寫的，典故出自希臘神話，麥達斯王「觸物成金」的故事，而其內容，則源自於拉丁詩人奧維德（Ovid）的《變形記》（Metamorphoses），其大意如下：

麥達斯是薔薇王國福瑞基亞（Phrygia）的國王，在皇宮附近，他建了一座巨大無比的薔薇花園，以爲觀賞、遊覽之用。一日，酒神貝克斯（Bacchus）的門徒老醉鬼西倫尼斯（Silenus），大醉迷路，誤入園中。園裏的侍從，發現這個又老又胖的醉鬼，竟然在玫瑰花叢下睡著了，於是乎便惡作劇的，把他用薔薇花圈來個五花大綁，又在頭上套了個花環，然後，將之叫醒，抬到麥達斯面前，讓國王看看他這副滑稽的樣子，以供衆人取樂。麥達斯果然高興非常，不但親自爲之鬆綁，而且還在宮中招待他住了十天，又親自陪他回到酒神貝克斯住處。酒神大喜，告訴麥達斯他可要求一個願望。麥達

斯不加思索的脫口而出，說是願所有他碰到的東西都化成金子。酒神答應了，但同時也預見到麥達斯，會在飲食上，發生困難。可是麥達斯見不及此，一直到他餓了想吃東西的時候，才發現手上的美味，都變成了冷硬的金子。他又餓又渴，頹喪萬分的跑到酒神之處，求他把這個「觸物成金」的願望收回。酒神告訴他，只有到派克托拉斯河(Pactolus)的源頭去洗手，才能把這要命的「手段」洗掉。麥達斯聽話照做了，雙手才得以恢復正常。這也就是為什麼一直到今天，我們還可以從某些河沙之中，篩出金子的原因。

經過這一番教訓後，麥達斯並沒有謹慎學乖，他魯莽冒失依舊。有一次，他膺選為阿波羅與潘恩歌唱比賽的評判之一。潘恩擅以用蘆笛奏靡靡之音，阿波羅則以銀琴奏出天樂飄飄。以水準而論，當然是阿波羅的音樂，比較高超，不但人間無敵，就在天上，也是少有；只有九繆思(Muses)的歌聲，差堪頡頏。另一位評判是山神提莫勒斯(Tmolus)，他判定阿波羅優勝；而對音樂外行的麥達斯，竟老老實實按照自己的程度，評潘恩為優。這證明麥達斯簡直是太不機警了，他沒有音樂細胞在先，又不識實務在後。小小凡夫，竟敢與阿波羅為敵，當然不會有什麼好結果。到頭來，他的耳朵被變成了驢耳。阿波羅說，他只不過把一副遲鈍頑冥的耳朵還原罷了。麥達斯窘相畢露，只好做了一頂特製的帽子，把耳朵藏了起來。但是給他理髮的師傅，却不得不看到那對驢耳，於是麥達斯便令他立下重誓，絕不洩漏。那理髮匠把此事悶在心裏，苦悶無比。有一天，他再也忍不住了，便偷偷跑到曠野中，挖了一個洞，輕輕的把那句話說了出來：「國王麥達斯有一雙驢耳」。然後把洞埋好。春天來到，那洞的附近，長滿了蘆葦，輕風一吹，那句埋在洞裏的話便四處飄散。這不但向世人證明了麥達斯是個其笨無比的國王，同時也表明了，當神仙在交戰或比賽之時，凡人只能察顏觀色，適時的站在勝利強壯的這一邊，這是永遠沒錯的④。

麥達斯的故事，基本上是喜劇上好的題材，瑪麗·雪萊將之寫

成輕鬆愉快的詩劇，是再恰當也不過的了。不過，瑪麗的劇本雖然俏皮亮麗，雪萊的詩篇，却寫得十分嚴肅，詩人藉著阿波羅及潘恩之口，把他對理性與感性在藝術上所扮演的角色，加以闡釋；且以兩者之間所產生的對照，表示出他對文學的看法及信念。

　　名批評家哈德羅・布魯姆在他編的《雪萊詩文選》卷首導言中，曾把「阿波羅的歌」列為雪萊最佳抒情詩之冠；著名的雪萊學者米爾頓・威爾遜在他的名著《雪萊晚期的詩》(Shelley's Later Poetry: A Study of his Prophetic Imagination)當中，，也力讚「潘恩的歌」為雪萊抒情短詩裏最成功的一首。由是可知，這兩篇東西雖然是雪萊為自己太太詩劇所寫的短詩，但藝術成就却很高，不愧是他晚期的傑作，值得細細探討品味。

〔2〕

阿波羅之歌

一

不眠不休的時辰們於月揚清輝的天空上
　　看到我睡臥在
繡滿星星的錦帳之中，
　　便搧起夢幻紛紛，自我朦朧的雙眼，
又在時辰之母──那銀色的「晨曦」
告訴他們，亂夢明月皆已離去之時，把我叫醒。

二

於是我便起身，爬上天庭藍藍的圓頂，

越過層層的山巒和波浪，
把睡袍，脫扔在浪花之上；
　　我在雲采上，踩出火焰；所有的洞穴
都充滿了我奪目的光臨，無邊的大氣
也讓出翠綠的大地，讓我擁個滿懷。

三

太陽的光芒是我的長矛，我用來殲滅
　　偽詐，殲滅那愛戀黑夜懼怕白日的偽詐；
凡有邪行或邪念的人
　　飛避我吧，從我光輝的榮耀裏
美好的心靈與光明的行為，獲得了新的力量，
直到被那君臨而來的黑夜，逐步削弱為止。

四

我餵養白雲，彩虹和花朵，
　　以他們天然神奇的色彩；月球
和純潔的星辰，在他們永恆的軌道圈內
　　統統披罩著我的光源如罩袍；
只要是燈，無論是照明在人間或天庭
都來自一種光源──那就是我。

五

正午時分，我立於天庭極頂，
　　然後踏着不情願的步子，我迤邐而下
步入大西洋薄暮的雲層；
　　雲層為我的離去悲傷得蹙眉而泣：
還有什麼樣的面容比我的微笑更令人喜悅

當我自西方諸島展顏撫慰雲層之時。

六

宇宙以我為眼

　才看得見自己並了瞭解到自己的神妙；

所有樂器的和諧或詩詞的合律

　所有的預言，所有的醫藥都源自於我，

包括藝術或自然的光輝；──對我的歌來說

勝利與讚頌是名至實歸的。

HYMN OF APOLLO

I

The sleepless Hours who watch me as I lie,

　　Curtained with star-inwoven tapestries

From the broad moonlight of the sky,

　　Fanning the busy dreams from my dim eyes,

Waken me when their Mother, the grey Dawn,

Tells them that dreams and that the moon is gone.

II

Then I arise, and climbing Heaven's blue dome,

　　I walk over the mountains and the waves,

Leaving my robe upon the ocean foam;

　　My footsteps pave the clouds with fire; the caves

Are filled with my bright presence, and the air

Leaves the green Earth to my embraces bare.

III

The sun beams are my shafts, with which I kill

Deceit, that loves the night and fears the day;
All men who do or even imagine ill
   Fly me, and from the glory of my ray
Good minds and open actions take new might,
Until diminished by the reign of Night.

IV

I feed the clouds, the rainbows and the flowers
   With their ethereal colours; the moon's globe
And the pure stars in their eternal bowers
   Are cinctured with my power as with a robe;
Whatever lamps on Earth or Heaven may shine
Are portions of one power, which is mine.

V

I stand at noon upon the peak of Heaven,
   Then with unwilling steps I wander down
Into the clouds of the Atlantic even;
   For grief that I depart they weep and frown:
What look is more delightful than the smile
With which I soothe them from the western isle?

VI

I am the eye with which the Universe
   Beholds itself and knows itself divine;
All harmony of instrument or verse,
   All prophecy, all medicine is mine,
All light of art or nature;— to my song
Victory and praise in its own right belong.

阿波羅是太陽神，雪萊的「阿波羅之歌」，也就依照太陽東昇

西落的過程，逐步發展。此詩首段，意象華美，以擬人手法，把太陽初生的情景，戲劇化的表現了出來。時辰(Hours)如頑皮的小兒，永不睡眠。他們的母親是銀白色的晨曦(Dawn)，告訴他們是叫醒太陽的時候了。而阿波羅此時，正臥在星星繡織的錦帳之內，做著各式各樣的夢。這些夢，在時辰小兒的搖動下，從阿波羅朦朧的眼裏，如泡沫一般，飄飛出來。而此時，晨曦却出面提醒時辰們，夢的時間已過，月亮已隱退。

　　雪萊一向喜歡在詩中大談抽象的觀念。端廸諾(G. M. Ride-nour)論及二十世紀的詩人為什麼不喜歡雪萊原因，其中有一條就是太過抽象化(being abstract)⑤，這一點，不但是雪萊的毛病，也是浪漫詩人的通病。不過，此詩的首段却沒有這種缺失。時辰雖然是抽象的，但雪萊將之置於一種具體的關係之中，使之成為晨曦的孩子，星空則成為錦帳，月光成為佈景，夢幻與月亮則是道具；使阿波羅、晨曦與時辰三者之間，產生了一種戲劇化的互動關係，讓人讀起來興味盈然。其擬人手法的運用，是成功的。

　　第二段中，阿波羅正式起身，走向天頂，把光明散播四處。月亮、星星、以及所有的夢幻晨曦等模糊的東西，都隱退了。阿波羅拖著他金色的長袍，行過大地海洋，腳步把雲層踩得金亮似火，連洞穴裏都充滿了光明。光芒四射的阿波羅，排開了空氣，完完全全擁抱了綠色的大地。

　　第一段中的朦朧模糊與第二段中的光亮燦爛，形成了強烈的對比，使阿波羅一出場亮相，便顯得耀眼萬分。

　　第一段是以阿波羅與天象、星辰的關係為主；第二段以阿波羅與地上山川、河海的關係為主；第三段的重點，則在描寫阿波羅與地上人類活動的關係。阿波羅是太陽神，而太陽發出來的金光，代表他的長矛，能夠消滅一切畏光喜暗的詐偽欺騙。阿波羅對有惡行或惡念的人，決不寬容；對好心行善的人，則不斷賜以新的力量。

　　雪萊詩中天真樂觀的思想(optimism)是二十世紀新批評家諸

如艾略特‧李維茲(F. R. Leavis)以及戴維(Donold Davie)等人最
不能忍受的。尤其是在經過第一次世界大戰以後,「現代主義」興
起,批評家及作家們對「樂觀的自由主義」(optimistic liberalism)
失去了信心。大家對天真的進步觀念以及狂熱的革命思想,都採取
了保留的態度,對浪漫詩人簡化現實人生,簡化科學自然的做法,
感到不滿,從而開始強烈批評浪漫詩人逃避現實、自我幻想(self-
delusion)、自說自話(ventriloquism)……等等缺失。這些指責,
誠然有其正確的一面,但若以此斥責所有浪漫詩人的詩作,則有欠
公允。

　　雪萊此詩以阿波羅象徵光明正義,象徵宇宙間正面力量的泉
源;以黑夜代表一切邪惡詐偽的勢力,患禍的根本,在詩想的基本
構成上,是十分陳舊,膚淺而且天真的。如果雪萊老是在詩中強調
白日永遠戰勝黑夜,正義永遠立於不敗之境,那他充其量只是一個
天真的二流詩人而已。然而雪萊並沒有讓阿波羅被勝利沖昏了頭,
他在第三段最後一行:「直到被那君臨而來的黑夜,逐步削弱為
止」,為太陽神的光輝戰果,伏上了一筆陰影──白日正大光明的
力量,也會有被黑夜蠶食的可能。因此,雪萊在此詩中所表現的善
惡觀念,不是絕對的,而是互有消長的。

　　在第四段中,雪萊把詩想從天、地、人發展到宇宙萬物。花
朵、雲彩、彩虹,因有了光明才得以顯出本身的原色;月亮、星
羣,因有了太陽才能夠發光,就好像穿著陽光的袍子一樣。此地,
大膽的雪萊,以當時流行的科學新知入詩,最能顯出西方作家與科
學發展的密切關係。第四行的 power 一詞,做「能源」解,是指
太陽的光線。至於"bowers"一詞,原是指庭院中的園亭(通常是圓
形的亭子),或大樹圓形的樹蔭。此字是浪漫詩人常用字之一。寇
勒律治(Coleridge)就有一首名詩叫「菩提樹蔭劃地牢」(This
Lime-Tree Bower My Prison,)。在此詩中, bowers 一字是指
星、月所發出的圓形光輝,以及他們球形的本身或運行的軌道。

　　在第四段最後兩行，雪萊用「燈」的意象，把第三段末尾所產生的陰影予以化解。雖然黑夜終將來臨，但還有燈光可用，星月可看，而他們的光，都源自於阿波羅。一、二、三段順流而下所發展出來的意象，在第四段中打了一個迴旋，水花盪漾，大有逆轉而上的氣勢，回到了全詩的主題：「太陽神」。

　　然太陽爬上天頂後，剩下來的只有下降一途。詩思在一陣逆轉的激盪下，仍要順流而下。阿波羅終於踏著不情願的步子，走入大西洋薄暮的雲層中。even 是古字，指 evening。第四行的 they weep and frown 是指第三行中的雲彩。雲能致雨，有如哭泣，雲彩重疊，有如皺眉，此處意象雖然用得有點過份誇張，不自然且傷感化，但基本上，仍算得上是貼切的。

　　第五段最後兩句，是全詩最精彩的部份之一。阿波羅馬上就要西沈於大西洋之中，羣雲悲悽，一幅悲慘的畫面。雪萊在此，並沒有讓自己的感情過份泛濫，他用了一招反筆，把落日塑造成一個溫熙和善的大臉，在海面羣島之中，對著哀哀的雲彩，給予安慰的一笑。這一笑，不但表現出阿波羅的智慧，也表現了他在嫉惡如仇之餘，也有溫情的一面。因為太陽神知道，自己的的下沈只不過是暫時的，明日還會照樣上昇，癡愚如雲彩，是不會了解到這一點的。

　　最後四行，是雪萊此詩思想的重點，也是最常被引用的名句。阿波羅在雪萊心目中，不僅是一個只知用光明消滅黑暗，或以陽光與黑夜爭鬥而互有勝負的戰鬥之神，而且還是一個能用光明引導出智慧與文化的文明之神。

　　阿波羅是宇宙的眼睛，宇宙沒有阿波羅，根本就無法看見自己的神奇與燦爛。雪萊此一暗喻，可分兩方面來解釋。其一是，阿波羅是萬光之源，沒有光，宇宙何能自見？其二是，阿波羅代表了智慧，有了文化與文明，宇宙不但可以自見(beholds itself)，而且還可了解自己的非凡地位以及神性特質(knows itself divine)。

　　在希臘神話中，阿波羅是「光之神」，一般人因此稱他為太陽

神(事實上,太陽本身是泰坦巨人族 Hyperion 之子 Helios),光能擊退一切黑暗,因此他又是「真理之神」;太陽光芒四射有如金箭,他因此又成了弓箭之神。同時,阿波羅也是詩歌與音樂之神,能夠娛樂安慰人的精神;因此,他又是醫藥之神,是第一個教導人類醫術的神祇。從神話學的觀點來看,阿波羅就是智慧與文明的化身,是預言之神,人類的未來種種,全掌握在他的手中。由此可見,雪萊把阿波羅比喻成宇宙的眼睛,是十分恰當的。

我們都知道雪萊在牛津大學唸書的時候,曾經寫過一本小冊子叫《無神論之必要》(Necessity of Atheism),強烈反對天主教制度。事實上,雪萊並非一徹頭徹尾的無神論者。他從 Leghorn 乘船到 Spezzia 遇難後,骨灰仍然奉入羅馬的基督教墓園中,便可證明。他之所以寫《無神論之必要》,只是表達他對當時腐敗的天主教不滿而已,其政治意義大過宗教目的。雪萊像其他浪漫詩人一樣,是相信有神的,只不過這個神已經披上了「自然」(Nature)的外衣,成了一種天道。這種「自然神教」(Deism)的觀念,應該是從華滋華斯(Wordsworth)那裏繼承過來的。

雪萊心目中理想的「全能之神」(all-powerful god),必須是想像力與哲學思辯的結合。所謂的想像力,當然是指詩的能力,所謂哲學思辯,則是指心智之美(intellectual beauty)。而人必須以他自己的能力,將上述兩種元素與自然界(natural world)、人類與「真實自由」(the actualizing of freedom)組織在一起,成為「更生之人」(restored man)。因此雪萊心目中理想的神,是一種超乎自然的「神化自然」(divine nature),祂既不是「創世主」(Creator god),也不是「全能上帝」(omnipotent god),更不是「父」或者是「王」(a Father and a King);祂是「真實自由」的具體化身⑥。這個觀念,在雪萊的詩劇《普羅米修士之解放》(*Prometheus Unbound*)裏,有深刻的發揮。所謂「真實自由」當然是針對各種不合理的制度而發,包括天主教之教宗組織結構。

　　由上述所論的觀點看來，雪萊的神，不僅僅只是自然本身，其中還要加入「心智之美」與「詩的能力」，是一種人智與天道的綜合體。而希臘神話中的阿波羅，正好代表了雪萊的理想。我們知道雪萊詩中最大的特色，就是那「預言的狂熱」，他的名句「假如冬到了，春天還會遠嗎？」(If Winter comes, can Spring be far behind?)⑦就是最佳例證。而阿波羅剛好又是預言之神，無怪乎雪萊要在詩中極力稱頌了。因太陽神不但是自然之光也是藝術之光(All light of art or nature)，十分接近雪萊所謂的「神化的自然」(divine nature)。

　　第五段最末一行，句法倒裝，還原後則應為：Victory and praise belong to my song in its own right. 此句是指阿波羅與潘恩比賽之事，大意為我（阿波羅）的歌本身，就是我勝利的頌讚，根本不需要什麼比賽了。

〔3〕

潘恩之歌

一

從森林和高原之間

　　我們來了，我們來了；

來自河川縈繞的沙洲島嶼，

　　在那裏，轟然巨浪全都啞然無聲

　　靜靜聆聽我甜美的笛聲。

風在蘆葦與燈心草中吹著，

　　蜜蜂在百里香吊鐘般的花朵間飛著，

鳥雀在桃金孃的枝葉裏棲著，

夏蟬在上，在菩提樹上，

　蜥蝪在下，在草叢之下，

大家都安靜無比，靜得像老山神特摩勒斯一樣

　靜靜傾聽我甜美的笛聲。

二

溶溶的帕尼阿斯河流著，

幽暗的田匹河谷臥著

臥在皮利昂山影之中，山影掩蔽了

　將暮的日色，

　甜美的笛聲催老了流光。

那些半人半馬，半人半羊，以及掌管森林的神祉們，

　全都來到這濕潤的河畔草地邊上，

那些山林水波之間的仙女們

全都來到這多露滴水的洞府邊，

　連同那些侍從隨員一起，

全都默默的心懷愛意，就像你現在一樣，阿波羅

　羨嫉著我甜美的笛聲。

三

我歌頌跳躍舞蹈的星辰，

　我歌唱鬼斧神工的大地，

歌唱天庭——還有巨人族的戰爭，

　歌唱愛情、死亡以及誕生——

　然後我笛音一變——

歌唱我如何奔下麥尼勒斯山谷

　追求一位姑娘，却抱到蘆葦一支。

神和人啊，我們總是癡迷如此！

歌聲在我們的心中爆發，我們就開始流血：
只要聽見我甜美笛聲中所透露出來的憂傷
大家都會為之飲泣，我想你必定會的
　假如嫉妒與年齡尚未凍結你的血液。

HYMN OF PAN

I

From the forests and highlands
　We come, we come;
From the river-girt islands,
　Where loud waves are dumb
　　Listening to my sweet pipings.
The wind in the reeds and the rushes,
　The bees on the bells of thyme,
The birds on the myrtle bushes.
　The cicadæ above in the lime,
And the lizards below in the grass,
Were as silent as ever old Tmolus was,
　　Listening to my sweet pipings.

II

Liquid Peneus was flowing,
　And all dark Tempe lay
In Pelion's shadow, outgrowing
　The light of the dying day,
　　Speeded by my sweet pipings.
The Sileni, and Sylvans, and Fauns.
　And the Nymphs of the woods and the waves,

To the edge of the moist river-lawns,
　　And the brink of the dewy caves,
And all that did then attend and follow,
Were silent with love, as you now, Apollo,
　　With envy of my sweet pipings.

Ⅲ

I sang of the dancing stars,
　I sang of the daedal Earth,
And of Heaven — and the giant wars,
　And Love, and Death, and Birth —
　　And then I changed my pipings —
Singing how down the vale of Maenalus
　I pursued a maiden and clasped a reed.
Gods and men, we are all deluded thus!
　It breaks in our bosom and then we bleed:
All wept, as I think both ye now would,
If envy or age had not frozen your blood,
　At the sorrow of my sweet pipings.

　　如果阿波羅是雪萊理想的化身,那潘恩就應該是雪萊攻擊的對象了。可是,事實却不如此。在雪萊的筆下,潘恩代表了凡人多慾的一面,與阿波羅的精神光輝,形成一個對照。而這個對照,亦反映在雙方所使用的樂器上:七弦琴(lyre)與蘆笛(pipe)。在希臘神話中,七弦琴是赫密使(Hermes)發明的。他把這種新樂器送給阿波羅使用,使天庭充滿了高尚的音樂。在此,阿波羅的七弦琴,相當於中國廟堂之上的雅樂。

　　至於潘恩蘆笛的來源,則與詩中的第三段所引的一則典故有關。該典出自於羅馬詩人奧維德所寫的《變形記》中一段故事中的故

事。事情是這樣的，大神宙斯(Zeus)誘拐了一位美麗的公主愛娥(Io)，不慎消息敗露，爲天后赫拉(Hera)所知，憤然前來突擊查訪。宙斯在慌亂之中，把愛娥變成了一條初生的小白牛，來掩飾自己的風流行徑。狡猾的赫拉，將計就計，硬要宙斯把那隻「可愛的」小白牛送給她當禮物。宙斯沒有辦法，只好答應。赫拉便把愛娥送給百眼巨人阿哥斯(Argus)看管。這百眼巨人可用一半眼睛睡覺一半眼睛張開的方法，來守著愛娥，使宙斯無法下手營救。於是，宙斯只好派他的兒子赫密使，用他自己發明的牧笛(Shepherd-pipe)去催眠那些怪眼。赫密使吹了許多曲調，說了許多故事，都無法使百眼巨怪入睡。最後，終於有一個故事成功了，那就是這個關於山水仙女(Nymph)瑟潤克絲(Syrinx)的傳奇，故事如下：牧羊神潘恩單戀瑟潤克絲，終日緊追不捨。一日潘恩又發現了她，便在後面窮追，嚇得瑟潤克絲狂奔不已，在千鈞一髮的刹那，她得了姊妹們的幫助，化成了一叢蘆葦。潘恩見狀，仍不死心，他說「變成了蘆葦仍是我愛」，於是將之採下，黏合以蜂蠟，製成笛子，終日吹奏。所奏之歌甜美異常，有如春夜之夜鶯，專門挑逗凡人的情慾⑧。

　　以上兩個神話故事，都是處理屬於肉體的情慾和掙扎，而此一主題，在雪萊的「潘恩之歌」中，佔了至爲重要的地位。瑪麗·雪萊的劇本中，阿波羅未唱之前，麥達斯誤打誤撞的走了進來，於是裁判山神提莫勒斯，就邀請麥達斯留下聽聽。冒失成性的麥達斯，毫不思索的就答應了下來，並且在還沒有聽到潘恩唱歌時，就利用旁白，告訴觀眾，他比較喜歡他的保護神(guardian god)——頭上長角的老潘恩。當雙方唱完之後，山神大力稱讚阿波羅的歌，智美雙全，神力無邊。而不自量力的麥達斯，竟然跑上前來插嘴，除了大捧「潘恩之歌」外，還把「阿波羅之歌」給貶責一番：

　　　不朽的潘恩！對我庸俗、平凡的耳朵來說
　　　你活潑的歌聲音樂遠勝

> 他那呆滯的曲調；他使我轉瞬入夢……
>
> Immortal Pan, to my poor, mortal ears
>
> Your sprightly song in melody outweighs
>
> His drowsy tune; he put me fast asleep……

話聲甫落，麥達斯的耳朵，就被阿波羅變成驢耳了。⑨

潘恩到底唱了些什麼，能夠使糊塗的麥達斯迷得忘了他是在與阿波羅競賽？讓我們來看看此詩的第一段。基本上說，「潘恩之歌」是一段「戲劇獨白」，有一點為自己所過的「感官生活」（vita sua）辯護的味道。潘恩原是森林山野之神，掌管羊羣與野生動物。然在此詩之中，他的職權已從山林擴展到河邊的草地（moist lawns）及河中的沙洲島嶼（river-girt islands）。他甜美的笛聲，能令大地山川的一切生物，包括風浪草蟲，都靜下來仔細聆聽，就連裁判提莫勒斯，也不例外。在衆多草蟲中，cicadæ 較費解，雪萊可能是指蝗蟲（locust），但也有可能是指蟬。在此我將之譯成蟬，以其在中文裏，詩意較豐也。

潘恩在第一段中，運用如此大規模的「點名」法（enumeration），是有其特殊的用意的。因為裁判提莫勒斯本身就是山神（hill-god），也是潘恩蘆笛的忠實聽衆。他借羅列地名之便，誇耀他所到的地方之多，聽衆之廣，曲調變化之大，意欲爭取提莫勒斯的同情。不過雪萊在此也埋下了一個伏筆，那就是倒數第二行的 old。這個伏筆，在第三段時，發揮了決定性的作用。

第二段，潘恩進一步的描寫，他是如何能夠用他的蘆笛，掌握那些山林仙怪，甚至於自然本身。帕尼阿斯河（Peneus）是希臘半島東方的大川，流經塞撒里（Thessaly），在奧林帕斯山（Olympus）與奧撒山（Ossa）之間，穿過有名的田匹河谷（Tempe），並於河流入海不遠處，經過皮利昂山（Pelion）。此山高五千兩百多公尺，景色幽絕，足堪入詩。雪萊借帕尼阿斯河的奔流，刻劃出潘恩笛聲的動聽，使得時光加速流逝，有如激情之奔騰，使得白日隱退黑夜來

到。這幾句描寫，恰與描寫阿波羅所唱的，形成強烈對比。

接著，潘恩便開始介紹那些追隨他的山林仙怪。Sileni 是 Silenus 的複數，半人半馬的林木之神，爲塞特耳(Satyr 半人半羊之木精)族中之年長者，外型像頭髮蓬鬆的老者，馬耳馬腿，愛酒如命，經常坐在酒桶之上，或騎在驢上亂跑。酒神戴奧尼索斯 (Dionysus) 是他的養子，他教他養他，並帶著他四處遊走。 Sylans 是木精，棲息出沒於森林之間。Fauns 是半人半羊之神，羊耳，羊角，羊尾，後腿亦似羊。這些神怪都是男性，再加上那些山水仙女，他們同遊於碧草如茵的河邊，進出於露水輕滴的洞府內，傾聽潘恩的笛聲，心中充滿了情愛，構成了一幅縱慾交歡的圖畫。

全詩至此，詩人突然筆鋒一轉，直指阿波羅而來。潘恩認爲，阿波羅在聽了他的歌唱之後，仍保持沈默，純是嫉妒心在作祟，決不是爲了愛；而這個嫉妒之心，在第三段中，又重複出現，與第一段的 old 一字同等重要。因爲他自己無法唱出像潘恩那樣甜美而又富於煽動性的歌聲，於是便只好沈默不語。

第一段最後兩行，潘恩提到山神提莫勒斯，故該段所有的景物對象，都在山神的活動範圍之內。第二段最後兩行則提到阿波羅，因阿波羅的七弦琴是奏給諸神聽的，故此段的重點在那些山林神祇，水波仙女。第三段把阿波羅與提莫勒斯並舉，道出了他們的缺點與偏失。

第三段的前四行，潘恩歌頌天地以及天地之間的神與人。天庭「巨人族之爭戰」，是指宙斯與泰坦爲爭天帝之位而戰，宙斯獲勝，象徵了一個新的神權時代來到，從此天庭不再有奪權鬥爭，衆神定於一，尊奉宙斯爲王。此戰對希臘神界之安定統一，具有決定性的作用，重要無比。而「愛情、死亡以及誕生」則是下界人類生老病死的循環，其中充滿了掙扎奮鬥與希望歡樂。無疑的，在此兩者之間，潘恩是選擇「人間」的。而「人間」之所以能延續，之所

以能多采多姿，主要的還是在愛情的發生與變化。

　　因此，在接下來的三行中，潘恩便直接表示了他對愛情的追求。山水仙女瑟潤克絲因此而變成蘆葦的典故，已見前述。潘恩借他的經驗，道出了戀愛的煎熬痛苦與虛幻不實。潘恩是神，瑟潤克絲是人，神人戀愛是希臘神話故事發生的主要泉源之一。宙斯與麗達(Leda)的交合，幾乎可以象徵整個希臘文化肇造的主因。因此，潘恩在此憑空吐出了一行警句：Gods and men, we are all deluded thus! 意為無論是神也好，人也罷，在愛情的捉弄下，無不癡迷如此。接下來的一行：It breaks in our bosom and then we bleed，其中的 it，當然是指戀愛中的癡迷情況，情愛爆發，使人與神都不得不心內淌血，痛苦不已。這兩句，句法精練，久為批評家所稱道。威爾遜甚至認為「沒有任何抒情詩在遇到類似的情況時，能在字句上處理的更精當，在意義上處理得更貼切。」(I can think of no lyric in which such a moment is achieved with more economy and coordination of means)⑩。

　　第一段，潘恩羅列他的本領與歌唱的範圍，字句之間，顯示出他描寫自然的功力，近乎「自然詩」(poetry of nature)；第二段，則描寫超自然的神祉，涵蓋了超自然的各種特色(poetry of supernature)；第三段，更進一步，開始引進神話敍述（如巨人族之戰爭）及哲學沉思（如愛情、死亡、誕生的循環）。雪萊在此，突然打破了第一段與第二段的成規，一連用了兩個破折號，使原本應該是五行一句的發展，變成了七行一句。其轉變的關鍵在第三段的第五行 And then I changed my pipings，，潘恩不再繞圈子，直接歌頌情愛起來。

　　愛情的焦慮與折磨，會使人內在流血，外在流淚，這是人之常情。但是潘恩在此，突然把目標指向阿波羅與提莫勒斯，譴責他們對愛情無動於衷。as I think both ye now would（我想你們必定會的）是一句反話，ye 當然是指阿波羅和提莫勒斯。潘恩批評他

們根本就聽不出他笛音中的哀怨(sorrow)，也無法感到肉體與情愛的激動，其原因是阿波羅的心中充滿了嫉妒(envy)，而提莫勒斯則是年老力衰(old)，心如槁木了。年齡與嫉妒凍凝了他們的血液，使他們無法感覺或欣賞潘恩的歌聲與笛音。

〔4〕

「阿波羅的歌」共分六段，押的是 ABABCC 的韻腳，工整平實；句法上的變化並不大，六行一句，一句一段，有時中間用分號分開，只有第六段起伏較多，充分的表現出理性的阿波羅之面貌。

「潘恩的歌」共分三段，韻腳為 ABABCDEDEFFC，變化較「阿波羅的歌」來得大。句法則每段兩句，前一句五行，後一句七行；不過，第三段有改變，前一句七行，後一句五行，詩法(versification)比「阿波羅的歌」繁複，充分的表現出潘恩的掙扎、苦痛、絕望以及焦慮。威爾遜認為雪萊處理此詩的特色，在於抑抑揚格(anapest)的運用成功，是他抒情詩中的一流作品；並進一步肯定，同類型的英詩中，此詩為最佳，至今尚無出其右者。(No poem of Shelley's shows a subtler control of rhythmic variation than the "Hymn of Pan." Indeed, no poem I know surpasses it in the handling of that most difficult of all rhythms for an English poet, the anapestic.)⑪眞可謂推崇倍至了。

〔5〕

細讀了以上兩首雪萊晚期的作品，我們可以發現詩人的作品十分細緻成熟，對理性與感情之間的關係，也有持平的看法。他能夠了解到阿波羅的重要性以及其限制，也能夠諒解潘恩的激情與迷惑。在這點上，雪萊是漸漸朝著莎士比亞的道路上邁進了。

註：

　①Harold Bloom ed. 《*The Selected Poetry and Prose of Shelley* 》(New York: The New American Library, 1966), pp.262-264.

　②同註①，p.XXVⅢ.

　③Milton Wilson, 《Shelley's Later Poetry: A Study of his Prophetic Imagination》(New York: Columbia University Press, 1959), p.30.

　④資料源於 Edith Hamilton, 《Mythology》(New York: The New American Library, 1953), pp.278-279.

　⑤George M. Ridenour, 《Shelley: A Collection of Critical Essays》(New Jersey: Prentice-Hall, Inc, 1965), p.2.

　⑥同註①，pp.X～XXⅢ.

　⑦同註①，p.215.

　⑧同註④，p.77.

　⑨Mary Shelley, 《Proserpine and Midas.》 ed. by Koszul, p.56.

　⑩同註③，p.36.

　⑪同註③，p.31. Wilson 對雪萊 "Hymn of Pan" 之音韻有極詳細的分析。

文明的毀滅與再生

再度降臨的天鵝

〔1〕

　　七十年代已經過去，八十年代匆匆來到，二十世紀已去掉了五分之四強。在這過去的八十年中，如果我們要選出三位影響英美詩壇既深且遠的詩人的話，那毫無疑問的，葉慈、龐德、艾略特三人，當列為第一優先考慮。

　　論作品的質量，三人之中，當以葉慈最多最精；艾略特精而不多；龐德多而不精。若論作品的影響力，那要以艾略特影響最廣，他的魔力之大，不僅限於英語世界，可以說幾乎是全球性的，詩作與評論，都是可稱得上一代宗師。龐德的影響力當然很大，不過受他影響的人多半是作家。而且是英美作家，葉慈就是因為龐德在倫敦推展「意象派運動」（Imagist Movement）的關係，拋棄了「前拉菲爾主義」（Pre-Raphaelism），樹立了他後期的獨特風格；艾略特的名詩「荒原」（The Waste Land），曾遭龐德刪改大半，方才定稿。其他如詩人佛洛斯特，小說家喬艾斯、海明威，音樂家安錫爾（George Antheil），雕塑家葛地耶（Henri Gaudier），都因龐德的賞識提攜，而登上文壇藝壇，成就一番非凡的事業。由此可見，他對二十世紀英美現代文學藝術，厥功至偉。不過，也正因為他的興趣是如此廣泛，使得他的作品也變得複雜零散而難懂，不但令一般讀者無所適從，就連學者專家，也容易迷失方向。至於葉慈，則

比龐德來得有系統而且也完整得多。他雖然喜用神話典故，自成一套，但因為表現技巧高超，讀者即使無法完全領會或同意其神話哲學，也可直接欣賞作品而了無障礙。葉慈的詩藝精妙無比，風格變化突出鮮明，語言意象生動有力，在英美詩壇獨樹一幟，容易喜愛而難以模倣。在這一點上，他可與艾略特相頡頏，甚至超而過之。但若說到詩理論之建樹，葉慈就無法與艾氏相比了。因此，無形中，他對一般文學大眾的影響力，便要弱上許多。

他們三人，儘管有上述種種的差異，但却有一個共同點，那就是對西方文明的過去與未來，十分關切。這種關切，或變化為批評，或形諸分析，或產生絕望，或激發預言，各種見解，紛紛通過他們的作品，表達了出來。對龐德來說，西方文明，尤其是資本主義式的工商文明，是可卑又復可憐的。而美國是這種文明的代表，猶太人則是推展這種文明的原動力。因此，他反美反猶，自我放逐到歐洲，嚮往中國儒家的禮教，希臘古典的精神，以及中世紀簡樸的美德。在他的名作「詩章」（Cantos）中，龐德不斷利用希臘神話，儒家經典及中世紀的題材，來表達他的哲學思想及對當代西方文明之批判。艾略特受了龐德的影響，並親見一次大戰使歐洲文化破產。因此，對西方文明的未來，亦抱悲觀態度。他在「荒原」與「空洞的人」（The Hollow Men）兩首詩中，皆以西方現代文明的衰敗為背景，刻劃出當時歐洲人的徬徨、空虛，讓人感到世界末日已近，一切都絕望無依。於是，艾氏便把希望，寄託在古印度教及歐洲中世紀的宗教世界之內，認為這是西方世界唯一的救贖之道。

至於葉慈，對西方文明的未來，也非常悲觀，他認為基督教文化到了二十世紀，已近尾聲。但基督教的毀滅，並不代表世界末日的來到。葉慈在他的名著《靈視》（A Vision）一書中，建立了自己一套對文明發展的看法。他把人類文明的演進，以每兩千年為一週期來劃分。第一週期，始於西元前兩千年的巴比倫時代（葉氏稱之為 Babylonian Mathematical Starlight），終於希臘羅馬文化。第

二週期，始於耶穌誕生，至今又將滿兩千年。如此這般，文明起伏循環，不斷的老化，不斷的新生。從這個觀點來看，西方文明之衰頹，乃是必然現象，其後當有新的文明，從中出現，取而代之。因此，葉慈對西方文明的未來，是悲觀中抱着樂觀的期望，十分積極。

葉慈之所以有如此的觀念，一半是受了一次世界大戰的刺激，一半是受了父親 J. B. 葉慈的影響。他父親是愛爾蘭名畫家，在宗教上，則是個懷疑論者(areligious skeptic)，相信「藝術」就是他的宗教。這對小葉慈的影響很大，使他終生無法接收天主教的誡律和法規。葉慈雖然不信教，但他的宗教感極強，不久，便迷上了各式各樣的神秘思想，以爲補償。他鑽研各種不同的神秘主義、民間迷信、通神學(theosophy)、招魂降神術(spiritualism)、新柏拉圖主義(Neo-platonism)等等。他對這些思想的態度，時而虔敬，時而遊戲；時而當做眞理之根本，認眞研析探索；時而當做象徵材料，用於作品之中。一次世界大戰後，葉慈邁入五十大關，他試圖把上述種種學說，溶合在一起，成爲一種獨特的思想體系。六十歲後，他成功的組織起上述各種流派，匯成一家之言：這就是研究葉慈詩作的學者必讀的那本怪書《靈視》。

在《靈視》裏，葉慈創造了他自己的神話系統（大部份是根據愛爾蘭民間傳說而來）及思想體系，有些地方十分晦澀難解，常使初學者如墜五里霧中，不辨方向。有些學者，讀了此書之後，走火入魔，把葉慈所有的作品，都用此書來一一印證；弄到後來，簡直把他的詩當成了電報密碼，而那本書，則成了解碼手冊，實在荒謬可笑，不足爲訓。葉慈本人，雖然有研究神秘思想的癖好，但他在寫詩時，則非常注重遣詞用語、造意造句的普遍性。因此，即算是對葉氏神話思想體系一竅不通的人，也能夠直接欣賞，不用注解。當然，不用注解的是他大部份的作品，有一小部份重要的詩篇，還是須要相當的輔助資料，方能讓人頓開茅塞。

　　下面這兩首詩，便是葉慈運用自己的體系，表達了他對文明起伏循環的看法，以及對新文明應該如何產生的意見。第一首詩「再度降臨」（The Second Coming）作於一九二〇到一九二一年之間，主旨是在討論基督教文明氣數已盡，不知下一個文明的型態如何？第二首「麗妲與天鵝」（Leda and the Swan），作於一九二四年至一九二八年間，主旨在探索一個文明是如何誕生的？文明要怎麼樣方能臻於完善，減少禍端。兩首詩都是以疑問爲終，表示出葉慈在詩中做「天問式」的追尋。不過，他在提出問題之時，隱隱約約，也建議了一些可能的答案。這使得兩首詩中，都含有十分濃厚的預言成份。《靈視》一書成於一九二五到一九二七年之間，而這兩首詩也先後完成在這一段時間之內，應該是研究他作品及思想發展的重要詩篇，值得仔細討論。

〔2〕

再度降臨

旋轉循環圈子越繞越大

大到獵鷹聽不見放鷹人的信號；

世事分崩；砥柱摧折；

只剩混亂一片充塞天下，

血腥濁流泛濫各處，

淹沒了純樸的良風淳俗；

一時之俊皆落得信心全無，而下駟之材

反倒有的是狂熱激情。

無疑的，某種啓示即將到來；

無疑的，「再度降臨」即將到來。

「再度降臨」！四字尚未完全脫口

但見一巨大影像出自「宇宙之靈」

使我雙目為之昏眩：在荒漠沙地之上

一匹人首獅身的形體，

一道空漠無情如太陽的眼神，

正移步緩緩，而其四周

盡是暴躁沙漠鳥盤空迴旋的影子。

剎時眼前又復歸於黑暗；但我現已明白

過去沈睡如石的二十個世紀

曾被一個搖幌的搖籃，驚出一場夢魘

而現在不知會有何等猛獸，在他的時機

終於來到之際

蹣跚步向伯利恆，以待降生？

THE SECOND COMING

Turning and turning in the widening gyre

The falcon cannot hear the falconer;

Things fall apart; the center cannot hold;

Mere anarchy is loosed upon the wold.

The blood-dimmed tide is loosed, and everywhere

The ceremony of innocence is drowned;

The best lack all conviction, while the worst

Are full of passionate intensity.

Surely some revelation is at hand;

Surely the Second Coming is at hand.

The Second Coming! Hardly are those words out
When a vast image out of Spiritus Mundi
Troubles my sight: somewhere in sands of the desert
A shape with lion body and the head of a man,
A gaze blank and pitiless as the sun,
Is moving its slow thighs, while all about it
Reel shadows of the indignant desert birds.
The darkness drops again; but now I know
That twenty centuries of stony sleep
Were vexed to nightmare by a rocking cradle,
And what rough beast, its hour come round at last,
Slouches towards Bethlehem to be born?

「再度降臨」一詞源於《聖經新約》「馬太福音」二十四章，耶穌在橄欖山上向門徒講說世界末日、人子再臨的種種情景：

閃電從東邊發出，直照到西邊。人子降臨，
也要這樣。屍首在哪裏，鷹也必聚在哪裏。
那些日子的災難一過去，日頭就變黑了，月
亮也不放光，衆星要從天上墜落，天勢都要
震動。那時人子的兆頭要顯在天上。地上的
萬族都要哀哭。他們要看見人子，有能力，
有大榮耀，駕着天上的雲降臨。

我們知道，葉慈並不信基督教，他是以引用神話的態度來引用《聖經》，借用這個「再度降臨」的典故，來寓意文明的變遷興衰及再生，與耶穌的降臨無涉。

題意既明，讓我們來仔細討論全詩的內容。第一段八行，旨在說明，西方文化分崩離析的實情。開頭兩行，詩人用鷹和放鷹人，

來暗喻西方文化運轉的現狀。鷹繞着人飛，圈子越繞越大，終於漸漸聽不見放鷹人的信號，脫離了控制。gyre 一字，普通發〔dʒaɪə〕的音，意爲圈子。在此，葉慈用這個字來代表他「文化兩千年循環運轉一圈」的觀念，發音做〔gaɪə〕，同時也代表了「時間」運轉的方式。他認爲人類具有獸性（老鷹），這種獸性如在文明（放鷹人）的控制下，則世界鞏固，秩序井然。反之，則世界大亂。第三行的 the center，是指支撐這世界的文明中心力量，也就是「放鷹人」。一旦這股力量無法維持（hold）下去，萬事（things）便要分崩離析，雜亂無章。

第四行到八行，主要在影射一九一七年俄國共產革命。葉慈認爲，這次暴力革命，爲世界混亂的開始。anarchy 一字本是指「無政府」狀態而言，在此是指因戰爭而產生的混亂局面。The blood-dimmed tide 是指被「戰血污染了潮水」，有戰火四起之意。The ceremony of innocence 直譯應爲「純潔之禮儀風俗」。葉慈認爲良風淳俗爲一切文明之基礎，大有杜甫「再使風俗淳」（奉贈韋左丞丈二十二韻）的理想。可惜，在二十世紀，尤其是一次大戰前後，所有的淳厚風俗，都被戰爭的血腥潮水所淹沒。葉慈在此詩完成十多年後，再度爲文指出，這幾行詩在無意間，竟預言了「法西斯主義」之興起，以及第二次世界大戰。

七、八兩行是本詩的警句，經常爲人引用。The best 一句是指當時的智識份子，上智之人，面對共產黨或法西斯、納粹黨等極權暴政，不敢駁斥反抗。而徒有熱情，但缺乏理性之人，却充滿了偏激的革命熱誠。五十多年後的今天，我們環顧四周，重讀葉慈此言，仍然能感覺到其中深刻的意義及沈痛的情懷。老實說，這兩句話，也可用來批評那些假愛民主愛社會之名，而玩政治之實的投機份子或所謂的「作家」。

第一段描寫世界分崩離析，戰火暴行泛濫的現象。第二段則講由此混亂現象中所產生出的啓示與預言。在葉慈的觀念中，第一段

種種邪行惡事，是基督教文明衰敗的徵兆。我們從其衰敗的過程中，可以預見一個新的文明之誕生。通過「宇宙之靈」，他看到了基督教文明腐敗的具體景象：世界已成一巨大的沙漠，只有獅身人面獸及食屍鳥在活動。葉慈的 Sands of the desert 與艾略特的「荒原」是類似的，都代表了一次大戰後荒蕪的歐洲。至於獅身人面獸則典出希臘神話「伊迪帕斯王」(Oedipus The King)故事：塞比斯(Thebes)山城之入口，被一怪獸史芬克斯(Sphinx)所把守，此怪人首人胸，獅身有翅，專門捕捉來往過路之人，盤詰以謎語，猜出則放行，否則吞而食之。謎面為：「何物晨以四足行走，午以二足，晚以三足？」而謎底一直沒人能猜得到。因此，塞比斯城漸漸陷入絕境，無人能夠進出，饑荒頓起，疫癘流行，變成一座死城。待伊迪帕斯至，說出謎底是「人」，此怪遂自殺而死，大難方除。此處葉慈引用伊迪帕斯故事，主旨在暗示，西方文明發展至今，導至機器怪獸橫行，世界大戰爆發，「人」的價值不但不被認知了解，反而愈加不受重視，所謂人本精神蕩然無存，造成屍橫遍地，食屍鳥四處飛翔的慘劇。此數行詩中，以「一道空漠無情如太陽的眼神」一句，最為傳神。怪獸的眼神如太陽，表示了自然殘酷的威力，其中不含有任何「人為文明」的情感與靈性。西方文明既然退化如獸，那距衰敗死亡之境，必然不遠。

「宇宙之靈」一詞原是拉丁文，意為「宇宙之靈魂或精神」，其觀念源自於十七世紀柏拉圖派學者亨利‧莫爾，葉慈藉此詞來演義他的「大記憶」(Great Memory)理論。嚴格說來，「大記憶」的理論是受心理學大師容格(C. G. Jung)的「集體潛意識」之影響，認為「宇宙之靈」中，儲藏了所有人類過去的記憶，而每一「個別的」靈魂或人，都可以通過這個整體性的記憶或潛意識，與「宇宙之靈」交感。根據上述理論，中國的「龍」，便是儲藏在此一大記憶的一個意象，每一個中國人，在冥冥之中，都可以通過「龍」這個意象，與「宇宙之靈」或中國人的集體潛意識交感。葉

慈在「宇宙之靈」裏，居然看到了怪獸與惡鳥，毫無疑問的，象徵
了西方文化的衰敗與死亡。

第十八行，「剎時眼前又復歸於黑暗」，可指幻象漸漸消失，
消失於黑暗之中；也可指葉慈本人（或主述者）的眼前一片昏黑，
幻象也隨之消失不見。不過，此一幻象，深深的啓發了他，使他醒
悟到，紀元前兩千年之間的（從巴比倫到希臘羅馬）文化，在漸入
沈睡之時，被基督教文化所取代；那現在基督教文明即將毀滅，取
而代之的，將會是什麼東西呢？

第二十行，Cradle 一字，是指耶穌基督之搖籃。搖籃是和平
與愛的象徵，也是嬰兒誕生的象徵。羅馬末期，「文明」蕩然崩
壞，有如沈睡不醒的石塊，結果是暴力統治天下，人民嗜血，惡習
橫流。等到基督教一出，大家震驚，驚如惡夢一場，霍然又從惡夢
中醒來，重新振作。現在基督文明頻臨消失毀滅邊緣，就好像一頭
衰老的怪獸，走到伯利恆，等待新生一般。在葉慈看來，文明產生
的過程，也就是由野蠻到禮儀的過程。事實上文化的興起，大率如
此：先是蠻族力量侵入，帶來了新鮮的朝氣與活力，但其文化本
身，却是質樸無文，一切以暴力為歸依。久而久之，朝氣和活力有
了進一步正面的發展與溶合，新而合理的文明，便開始出現。英國
因北蠻人入侵，產生輝煌的英國文化；中古歐洲在黑暗時代過後，
產生文藝復興；希臘半島被馬其頓蠻族征服後，產生燦爛的希臘文
化……等等都是例子。

全詩最後兩行，用一頭不馴的野獸，來象徵文化的衰老與再
生，十分生動傳神，是葉慈詩中最有名的句子。

〔3〕

葉慈對新文化「何時」產生，固然十分注意，而對其「如何」
產生，更是萬分關心。在「再度降臨」一詩中，他只預言將有新的

文化誕生。但新文化如何誕生，方能對人類有最大的貢獻，一直是
縈繞在他心中的大問題。「再」詩完成三年後，他開始寫「麗姐與
天鵝」，前後共寫了四年，一直到一九二八年才定稿，反覆以詩的
意象，去思索文化如何發生的問題。全詩中譯如下：

麗姐與天鵝

驟然攫擊：巨翼搧撲不停
扒在那猶豫無力的少女之上，愛撫她的雙股
以一雙黑蹼；銜她的後頸，以他的長喙
並將她無依的雙乳，擁抱在胸前。
那些驚懼軟弱的手指，如何能推開
這羽化的至尊，自她漸漸張開的雙腿？
躺在白羽的衝刺之下，那凡俗之軀又如何能
不感覺到一顆靈異的心，在貼身跳動？

在腰與腰之間，一陣震顫，種下了
城牆崩塌，屋瓦燃燒，碉堡焚毀
大將亞嘉曼儂之暴斃
        如此這般被擒攫着
被那凌空而降的獸性制服着
她有沒有在吸取他的力量時，連他的知識也一起吸取
在那冷冷的鳥喙，把她放下之前？

LEDA AND THE SWAN

A sudden blow: the great wings beating still
Above the staggering girl, her thighs caressed

By the dark webs, her nape caught in his bill,
He holds her helpless breast upon his breast.

How can those terrified vague fingers push
The feathered glory from her loosening thighs?
And how can body, laid in that white rush,
But feel the strange heart beating where it lies?

A shudder in the loins engenders there
The broken wall, the burning roof and tower
And Agamemnon dead.
　　　　　　　　Being so caught up,
So mastered by the brute blood of the air,
Did she put on his knowledge with his power
Before the indifferent beak could let her drop?

　　「麗妲與天鵝」故事源自希臘神話：斯巴達國王庭達留斯
（Tyndareus）之妻麗妲，某日浴於河邊，被大神宙斯（Zeus）窺見，
因怕天后赫拉（Hera）吃醋，宙斯搖身變成天鵝一隻，襲姦麗妲，
使之產下二卵：一卵生凱斯特（Castor）與克萊姆耐斯插
（Clytemnestra），另一卵則生波樓克斯（Pollox）及海倫（Hellen）。
一說，凱與克為凡人，父親是庭達留斯；波與海則是神人，父親是
宙斯。凱與波，不管是不是同父兄弟，二人情感非常之好，相親相
愛，公正無私。凱死後，波一人不願獨活，祈求宙斯賜死。宙斯遂
把二人變成雙子星座，永不分離。兄弟二人的故事，代表了信心、
正義與愛心的力量。至於克與海兩姐妹，分別嫁給了亞嘉曼儂、曼
尼拉斯（Menelaus）兩兄弟。後來，海倫與特洛伊（Troy）王子巴黎
斯（Paris）私奔，曼尼拉斯大怒，要求哥哥發兵攻打特洛伊，十年爭

戰逐起，人員死傷無數，最後，終於把該城夷爲平地。然在這十年之間，亞嘉曼儂之妻克氏與依基斯薩斯（Aegisthus）有染，並在亞氏凱旋回家之後，設計將他毒死。荷馬史詩《依利亞德》（Iliad），便是詠唱此一故事的前半段。海、克兩姐妹，從此被視爲戰爭之源。

葉慈在《靈視》初版本中（Cuala Press 版）自述此詩之緣起：「我之所以寫『麗妲與天鵝』，是因爲一位政治評論刊物的編輯來索詩。我心想『先是霍布斯（Hobbes）大搞「個人主義」到處「煽惑羣衆運動」，然後是那些編百科全書的，還有法國大革命，大力將之推廣宣揚，弄得十分流行；此後，我們這塊土地，一連幾個世紀，被搞得精疲力盡，再也長不出莊稼了。』我又想到：『凡事如無一股從上而下的狂野預言做先導的話，斷不能成事』。於是我便開始運用想像，把麗妲和天鵝塑造成一則詩的隱喻，寫下此詩。可是，當我寫作時，鳥和人竟在『如此這般』的場景中定位，所有的政治意味，一掃而空。我的朋友看了，告訴我說：『保守的讀者可能會誤解此詩』。」由此可知，葉氏當初寫詩的動機，是在說明所有的政治運動，都始於一個觀念，其過程是從上到下，從智識到暴力。這種現象，正好可用麗妲與天鵝這則神話來做暗喻，象徵其事。其主旨與「性」或「強姦」無涉。衞道之士，不解其中深意，反而可能誤會詩人的用心。

不過，構想歸構想，在詩人動筆之後，寫着寫着，竟對這則神話的意義，有了更深一層的了解。在新版的《靈視》中，他把宙斯強暴麗妲這件事，當做希臘文明出現之「預言」（annunciation），並寫道：「在我的想像之中，這預言影響了麗妲的一生和希臘的誕生，且使我記起，在一座斯巴達式的神廟中，屋頂上吊着一個未孵的大蛋，相傳那是麗妲所留，現在已成聖跡。至於那孵化的兩個蛋，其一產生了『愛』，其二產生了『戰爭』。」葉慈認爲，希臘文明與基督教文明都始於一項神諭或預言。在希臘，宙斯化爲天鵝使麗

姐生出二卵，產下了愛與戰爭，使後人有了吟詠歌頌的材料，史詩與悲劇相繼出現，而麗姐所生的蛋，也變成了一種文化上的標誌或圖騰，希臘文明於是興起。在基督教中，《聖經新約》「約翰福音」裏，也提到過「聖靈彷彿鴿子從天降下」，產生耶穌。這種把天人交感的經驗，藉着禽人相交的具體意象，表達出來：不但生動的解釋了文化的本質，同時也暗示了文化的特色。例如鴿子，在基督教文明中，就一直象徵着和平與愛；天鵝在希臘文明中，也象徵着智慧與力量。

　　在中國，也有人禽相交產生文化的說法。「史記」卷三，「殷本記」第三：「殷契，母曰簡狄，有娀氏之女，爲帝嚳次妃。三人行浴，見玄鳥墮其卵，簡狄取吞之，因生契。」玄鳥遺卵，簡狄吞之，按照「集解」禮緯的注疏，就是「祖以玄鳥生子也。」浩蕩的殷商文化，從此開始。中國東北方文化，以「鳳」爲主要圖騰，當源於此。而玄鳥或鳳，便成了中國文明的象徵了。由是可見，祖先神話與後代文化的發展，實有密切的關係。

　　「麗姐與天鵝」是一首近乎佩特拉克體的商籟（Petrarchian Sonnet 十四行詩），全詩分三段：第一段是由一長句組成。A sudden blow 是指天鵝對麗姐的性交動作，葉慈開門見山，以這三個字爲首，狂野有力，直言無隱。其後三行半，都是在爲此三字注解。詩人運用了以部份暗示整體的手法，儘量使整個性交描寫，在細膩而含蓄的筆法下，避免出現煽情而低俗的效果。great wings 是指天鵝，dark webs 和 bill 也都是指天鵝。尤其是「黑色的蹼」與裸體的少女並列，產生了強烈的對比。在此，葉慈發揮了他認爲「神之靈」必須與「人之肉」相結合之觀念。靈肉結合方能產生文化，產生創造力，產生新的文明。

　　第一段表現出天鵝獸性的狂猛攻擊，以及柔弱少女無力抵抗的可憐姿態。第二段，則表示少女欲拒還迎的複雜心理。terrified vague fingers 是指少女，terrified 意爲「驚怕」，vague 則爲「含

糊不定」。暗示少女在天鵝的壓迫之下，不知應該是順是逆的複雜
態度，有所謂「欲拒還迎」的暗示。這一段叫人想起了羅馬詩人何
瑞士（Horace）抒情詩第九的最後幾句：

> Nunc et latenitis proditor intimo
> Catus puellæ risus ab angulo
> Pigrusqae dereptum lacertis
> Aut digito male pertinaci.

　　何氏也用少女的手指，來表示半推半就的心理。翻成英文就是
from a finger faintly resisting。feathered glory 是指天鵝，glory
則暗示此天鵝具有神性，是天神宙斯的化身。white rush 是指天
鵝在性交時的衝刺的動作。white 可指天鵝的白羽，亦可指射出的
白色精液。strange heart 是指天鵝的心，也指宙斯的心。無論是
動物的心也好，天神的心也罷，總是和凡人不一樣，故云
strange。此段以問號結尾，謂麗妲有沒有通過肉體的歡樂，進一
步達到心靈的交會，並感覺到那顆「神異的心」？依葉慈的看法，
靈與肉合一，當是最完美的結果。此句雖是問句，但答案早已包括
在其中，是一種修辭式的問句。

　　第三段由兩句組成。第一句是說兩人腰際一陣顫抖後，所產生
的是戰爭、死亡與大毀滅。這除了暗示性交後的虛脫死亡感覺之
外，也驟然的把性交的過程提昇到文化交流的創造過程，把簡單的
個人小事，提昇到歷史文化大事的層次上：城市毀滅、英雄死亡。
事實上，特洛伊城之毀，是源自於王子巴黎斯與海倫私奔；亞氏之
死，則源自於妻子與人私通，兩者都與性交有關。因為此句在意義
上，產生了如此巨大的變化，成了全詩的轉捩點，故葉慈在詩行的
排列上，故意製造出一個斷裂的形式，使第十一行，一分為二，斷
成上下兩半。經過此一轉折之後，葉慈便直接了當的在第三段的第
二句中，直接提出一個文化上的問題，那就是麗妲有沒有在這段被

征服的過程中，把對方的優點：諸如行動之力量及行動之智識⋯⋯等，一起吸收過來，化為己有？

一個古老文化之所以衰敗，多半是行動的智識有餘，行動的力量不足。知而不能行，結果是社會混亂，走向滅亡。羅馬帝國的衰亡，便是例子。而一個新興的文化特點，多半是行動的力量充沛，行動的智識貧乏，如蒙古大帝國便是。兩者各有欠缺，都無法存在久遠。若想能夠持久，必須要結合知識和力量，方能成功。在希臘神話中，大將亞嘉曼儂及其聯軍，代表了力量，特洛伊城則代表知識，兩者交戰，城毀人亡，有如「性交」。因為「性交」事後，也常給人一種死亡虛脫之感。戰爭之後，產生了一種綜合的文化，這也就是希臘文明。

葉慈在寫完「再度降臨」後，面對的問題，不是新文明會不會出現？而是怎麼出現？如何出現？因此，在「麗妲與天鵝」中，他以這則希臘神話為背景，用人神性交為隱喻，表達他對文明應該如何產生的看法：戰爭與毀滅是無法避免的，在一陣傷亡之後，怎樣把知識與力量溶合在一起，方是最重要的課題。

由以上的討論，我們可以知道，葉慈對二十世紀文明未來的看法，是絕望中帶有希望的遠景，是毀滅中帶有再生的力量。在他的神話體系中，所有的文明都始於野蠻暴力，繼而知行合一，達到高峯，然後又漸漸墮落至知行分離地步，衰退老化，以至於毀滅。有時還會退化成野獸一頭；然後，再從野獸或毀滅之中，自然孕育再生的力量。這種觀念與中國易經中的陰陽消長，盛衰循環的觀念，十分類似。與艾略特和龐德相比較，葉慈對文明文化發展的看法，是比較深刻且圓熟的。

在分析完上面兩首短詩之後，我們可以看出葉慈詩藝之精妙，以及他賦古老的神話以現代意義的絕妙能力。他在短短的詩行裏，中肯而簡約的把握住文化興衰的本質，然後用一則驚心動魄的神話事件做隱喻，把他的看法，通過強烈的意象，灌輸到讀者心中，字

字有力，句句雄辯，讓人讀後，久久難忘。詩而沒有深刻的內容，
不能至此，有深刻的內容而沒有絕妙的技巧，也不能至此。文明的
發展，須要知識與力量合一；詩的成功，也須要內容與技巧合一。
證之於葉慈，可謂不謬。

【卷第二】

美國詩

倫敦塔橋右邊

詩的點描畫法

在地下鐵車站（In a Station of the Metro）

［1］

　　文學是人類用語言表達感情及思想的方式之一，其本身有一定
程度的獨立性，但也常與其他藝術形式，如音樂、繪畫……等發生
密切的關係，從而產生相輔相成的結果。語言是有聲音的，這便與
音樂發生了關連，語言本身可以喚起各種不同的形象，這便與繪畫
產生了聯繫。因此，在學習文學的時候，如不對其他的藝術形式，
多加注意，細心體會，那其學習的成果，便要打上許多折扣。

　　文學的類型有很多，大約說來，可分爲詩、散文、小說、戲
劇，外加文學批評。戲劇表達情思的方法是以「對話」爲主；小說
則以「事件、人物」爲主；散文是以「議論、清談」爲主；詩則以
「意象的排比」爲主。各有千秋，重點互異。當然，有時類型之間
所用的手法，也會發生相互重疊，互相借用的現象，例如詩與散文
或「對話」、「故事」之混合。不過，遇到這種情形時，我們仍可
分析其中的比重，而加以歸類。如果其本質傾向於散文，則可歸於
「有詩意的散文」。如其本質爲詩，那我們就可以稱之爲「分段
詩」。這就像詩人以詩的形式說故事時，我們不將之歸於小說名
下，而將之歸於「敍事詩」的範圍。

　　詩的類型有兩種，一種是抒情詩，一種是敍事詩。抒情詩偏重
於感情思想的自由抒發，比較不受時間空間的拘束。詩人可以海闊

天空，上下古今的自由出入，遨遊飛翔。敍事詩，則比較注重事件、人物的時間空間背景，及其發生的次序。詩人可以運用倒敍、對話等技巧，以豐富事件的含義。但事件本身的基本時空次序，還是要注意保留，不然事件的發展不完全，敍事的功能也就無法達到了。

　　不過，無論是抒情也好，敍事也罷，意象的排比與聯繫，都是詩人表達情思的重要手段。這也是詩之所以與其他文學類型最"不同"的地方。以意象的排比而論，用得最多的，當然是抒情詩。在世界詩史上，中國詩從《詩經》以降，最擅於運用意象的排比，來表達情思。中國悠久的抒情傳統，便是證明。因爲抒情詩特別發達，居然使中國敍事詩的發展受到了影響。這一點，也是值得大家注意的。中國在唐朝以前，敍事詩的產量並不豐富，如西方史詩(Epic)那樣的長篇巨著，更是絕無僅有。這使得許多民國以來的學者，大感惋惜，紛紛爲文，探討中國古代沒有產生長篇敍事詩的原因。

〔2〕

　　不過，就在學者慨嘆中國敍事詩不發達的時候，西方的學者、詩人，却把目光放到中國詩的抒情傳統之上，對中國詩裏意象的運用，深感興趣。他們積極翻譯引介中國古詩，同時還掀起了一個影響深遠的新詩運動："意象派運動"(The Imagist's Movement)，在歐美現代詩的發展過程中，起了決定性的影響。

　　"意象派運動"的核心人物是大詩人龐德(Ezra Pound 1885–1972)。1913 年，也就是民國二年，龐德在倫敦，結識美國美學家范諾羅撒(Ernest Fenollosa 1853–1908)的遺孀，從而得范氏有關中國哲學及中國詩之遺稿。他讀罷深受啓廸，不久便發表了「意象主義者的幾項禁忌」(A Few Don'ts by an Imagist)，正式展開"意象主義運動"，得到歐美新詩人廣泛的響應。許多年輕人都勇敢

的在這方面做大胆的嚐試，發表了許多作品①。一年以後，龐德更一鼓作氣，編選了《意象主義者詩選》(*Des Imagists: An Anthology*, 1914)，展示了運動後一年的豐碩成果。事有湊巧，兩年後，也就是民國五年(1916)，胡適之在美國留學，看到紐約時報上有關 "意象派"的報導，認為意象派的做法及主張，與他「多相似之處」。因此，民國七年，胡適在「新青年」上掀起的 "白話詩運動"，便與 "意象派運動"有了牽連。這可眞算得上是世事難預料，地球本來圓，從中國影響出去的東西，變了一個樣子，居然繞了一個圈子，又回到了中國。此後，東西文學在各自發展的過程當中，接觸的機會越來越多，相互影響，各取所需，互激互盪，相輔相成，以上的例子，便是證明。

龐德認為西洋詩或英詩，尤其是十九世紀維多利亞式的詩，語言冗長，裝飾繁複，無法直陳情思，明心見性。他認為印歐語系的語言，分析性太強，解釋太多，不宜寫詩。而中國詩及日本詩，把事物回歸至物象本然的存在，能夠直接以意象來打動人心，消除各種分析性的人為干預，最能直陳事物之本質，是寫詩最佳的媒介與方法。

龐德為了要在西方詩中注入新血，便拚命在中國的絕句或日本的俳句和歌中，找尋符合他觀念的詩，加以翻譯(或改寫)，然後大力提倡。而中日詩歌裏，這方面的例證，確實也是多得不勝枚舉。以我們大家都熟悉的元人小令「天淨沙」為例，便是標準意象派的典範：

> 枯藤、老樹、昏鴉，
> 小橋、流水、人家；
> 古道、西風、瘦馬，
> 夕陽西下，
> 斷腸人在天涯。

在這一首詩中，讀者看到的全是意象的排比，動詞的運用減至最低，詩人讓幾近原始毫無修飾的意象，直接在讀者面前展現，解說詮釋的企圖，已減至最低。除了「斷腸」二字是形容「人」以外，不見任何主觀的描述。嚴格說來，「斷腸人」也是一種客觀的表達，簡潔的點明了對象的特色。從「枯藤」到「人家」這一組意象的言外之意是：傍晚天暮，炊煙四起，家人圍桌用餐，好一幅「田家樂」的和睦景象。從「古道」到「天涯」這一組意象，則全然相反，表達出凡人終將與夕陽同沉的言外之意；暗示自古以來，每一個人都遲早要孤獨、憂傷而絕望的，步上死亡的古道，在天涯海角，獨自斷腸。如果我們把兩組意象對照起來看，全詩的涵意便豁然開朗。原來詩人的意思是說，每一個人都有「小橋流水人家」的時候，但到頭來，也都必定會走向斷腸的天涯。生老病死的事，古來便如此；「古道」上，多少古人走過，便是證明。想起來雖然悲哀，但却是千真萬確的事實。因此，無論是小橋流水還是斷腸天涯，各有各的境界與韻味，人生於世，每一個階段，都一定要經過，也都值得珍惜。

上述這種做詩法，只把意象排比起來，完全不加作者干涉性的說明，讓讀者讀罷，細心體會意象之間的關係，從而產生自己的詮釋，是中國詩獨有的圖象思考手法。龐德看到了，當然動心萬分，急於學習掌握，並引進英詩之中。

一般學者在討論到這一點的時候，多半強調龐德是受到中日詩學的啓發，完全忽略了龐德自身文化知識裏，所暗含的類似因素及動機。我們知道，不同文化之所以能夠在接觸後，產生進一步的交流，是因為雙方找到了各自文化中的「類似因素」，從而發現了可以交流的「重疊點」或「重疊面」。如果西方文化中，完全沒有類似上述中國詩的「圖象思考法」，那龐德也不可能這麼快，便把中國的東西轉為「西用」了。

事實上，早在龐德大量接觸中國文化之前，他便有「意象主

義」的構思。1909 年龐德在英國認識哲學家休姆（T.E. Hulme 1883-1917）並讀到了他寫的一些類似「意象派」的小詩，大爲欣賞。1911 年，龐德初讀英譯《論語》，開始視翻譯爲寫詩的方法之一。同年，他寫下了他的名作「 在地下鐵車站」

In a Station of the Metro

The apparition of these faces in the crowd：
Petals on a wet, black bough.

意外浮現出這些面孔，自人羣之中：
片片花辮在潮濕黝黑的枝子上。

據說這首詩的初稿寫了三十行，然龐德並不滿意，認爲沒有把題材中的精意表達出來。直到有一天，他忽然得到新的靈感，放棄了初稿，寫下了上面簡短的兩行，完成了全詩。事後，他有長文記錄當時寫作的過程，特此翻譯如下：

　　我在地下鐵康克爾德站下車，無意間看到一張美麗的面孔，接下來，又看到另一個美人。那天我一直在想，如何能把此一經驗或其中的意義，用文字記錄下來。可是却又一直找不到恰當的字眼下筆。當時刹那間的感情，是如此的美妙，手中這隻拙筆實難寫其萬一。那天晚上，我回家時，走在雷諾街上，心中仍在思索這件事。突然，我找到了表達的方式。我不是說我已經妙句在握，而是一種與妙句"相等之物"出現了……不是以語言的形式，而是以一種斑斑點點的色彩。那只是一種"圖案"──其實也不能算是圖案，假如你認爲"圖案"是花樣有規則的重複出現的話。但對我來說，這已經是"文字"了，一種以彩色開始的

"文字"。

那晚在雷諾街的事，我一直記得很清楚。假如我是個畫家的話，假如我經常有這種感情的話，假如我的精力旺盛，能夠找到彩色畫筆將之畫下來，而且一直勤於繪事不輟的話，我說不定會創造一個新的畫派──一種"非具象"的畫法，僅以彩色的安排組合，爲唯一的表現手段。

因此，當我讀到康丁士基（Kandinsky）論造型語言與彩色的那一章時，我覺得一切一切都早已先存我心。我只感覺到，有一個人，已經瞭解到我所瞭解的，而且將之條理清晰的筆之於畫罷了。對我說來，這是再自然也不過的了。如果一個畫家，只喜歡安排構圖，設計形象的圖案，就好像他喜歡爲貴婦人畫像，或以象徵派的手法畫聖母像一樣，……這也就是說，我在巴黎的那次經驗，應該畫成畫的。假如當時在我心中出現的不是彩色，而是音樂或是構圖之間的關係，那我想我可能會以音樂或雕塑的方式來表達。色彩，在那次經驗裏，是一種"基本原料"，那是我意識中最先浮現的"相等之物"……所有詩的語言，都是探險的語言，劣作之所以產生，是因爲作家把意象當裝飾來用。意象主義（Imagism）的精義，便是不把意象當裝飾用。意象本身便是作者要想說的（The image is itself the speech）。意象是「公式語言」之外的語言……"單一意象的詩"是一種"超存在"的形式，這也就是說，那是一種由一個觀念衍生到另一個觀念的詩。我發現這種寫詩法，對我表現那天在地下鐵所遭到的感情震撼，很是有效。起先我寫了一首三十行的詩，看看不行，便拋棄了。因爲那樣的詩，是所謂的"二級濃度"的作品。六個月之後，我另謀新篇，長度是三十行的一半，一年後，我寫下了上面這首俳句似的短詩……。②

　　由龐德以上的自白，我們可以知道，在他接受中國詩及日本詩的影響之前，他已經有類似用印象派畫法的寫詩計劃。印象派畫家因光譜的發現，知道陽光並非白色，而是由七彩組成，萬事萬物因陽光的照射而產生不同程度的色度。於是他們便發明了「點描畫法」，把許多互補色的「原色」點在一起，讓觀眾的眼睛成為「調色盤」，在看畫時，依自己的需要，自動調整眼睛與畫的距離，產生最佳的視覺效果。因此，印象派的畫，近看只是一堆彩色，根本不辨物象，遠看方知是何種形狀的山水人物。這就好像中國詩，粗看只一堆又一堆的意象，組合起來看，才恍然領悟其象外之情、言外之意。

〔3〕

　　印象派的畫法與中國詩或日本俳句和歌，有其內在層次的相通之處。龐德發現這種作詩法，在千年前的中國，早就有了，當然驚奇萬分，佩服萬分。同時，也更加強了他改革英詩的信心與決心，喊出"意象主義"的口號。於是他奮力而起，一呼百應，鼓動風潮，造成時勢，成功非常，一躍而為英美現代主義詩歌的開山人物，影響巨大，至今不衰。而他這首小詩「在地下鐵車站」，更是膾炙人口，風行一時，成為英美現代詩的經典名作了。

　　apparition 的原意，是出乎人意料之外的顯現，通常用在這樣的句子中：如 an apparition of a ghost（鬼魂突現）。此處是指臉孔於人羣中突然出現，十分搶眼。詩人把人臉比喻成花瓣，暗示「美」在地下道的昏暗中，在人羣的擁擠中，仍會自然顯現，奪人眼目；四週惡劣的環境，反而更能顯其美好，就好像花瓣在潮濕黝黑的樹枝上，更能顯出其嬌嫩美艷的本色。詩人將美女的臉孔與花瓣相比，是十分恰當的。因為二者都是純粹美的化身，但也都易凋易謝，轉瞬成空。龐德把兩個平凡而又不相關的"情況"，結合在一

起，使兩者都產生一圈不平凡的光暈，可謂點鐵成金的高手。

不過這種詩句，這種手法，在中國却是屢見不鮮，稀鬆平常的。例如「人面桃花」一句，便更簡潔的把上述的精神，以意象對照的方式，表達了出來。此外還有李後主的「天上人間」一句，用的也是相同的手法。後來龐德與其他的年輕詩人，把這種手法，做了更複雜的變奏，寫出了許多耐人尋味的好詩。讀者如不能細心體會或瞭解其基本的手法之運用，反倒會覺得艱深無比，莫明其妙了。

註：

①：年輕詩人如 H. D., W. C. Williams, E. E. Cummings, Richard Aldington, Amy Lowell 等都受意象派的影響很深。

②：見 Gaudier-Brzeska:《A Memoir》, (London: John Lane, Bodley Head, 1916), pp.103－105.

搜索一座下雪的林子

雪夜駐馬林畔
（Stopping by Woods on a Snowy Evening）

上篇：

　　台灣無雪 —— 合歡山上的雪，只不過是聖誕節上帝送來的冰淇淋而已 —— 然而愛雪，在台灣却幾乎成了一種普遍的嚮往。英美詩歌，以雪為題材的，可說不計其數，而此間譯者，却獨鍾佛洛斯特（Robert Frost）的「雪夜駐馬林畔」（Stopping by Woods on a Snowy Evening）。①據我所知，譯過此詩的就有陳祖文、夏菁、施穎洲、宋穎豪、張應來……等多人。由此，亦可知此詩對國人的魔力了。②

　　說起來，這首詩在美國是每一個高中生必讀必背的一篇東西；可謂婦孺皆知，家喻戶曉。記得我唸高中時，也讀過這首詩，當然，那時還不知英詩為何物，只不過欺其單字少，文法容易，拿來當英文唸唸而已。後來，還在電視英語教學影集裏，看過以此詩拍成的影片，算起來，與佛氏這篇名作，亦可說是相當有緣了。如今，回憶影片中的種種鏡頭，仍然歷歷如在目前：白白的雪景，茫茫一片；黑黝的森林，乾淨挺直；遠處隱隱傳來馬車的鈴聲，再加上佛氏本人蒼老低沉的吟誦，緩慢悠揚，令人神往，叫人難忘。可是，神往歸神往，在當時，總覺得美國當代一流大詩人的名作，也不過如此；心中暗忖，此詩充其量只能算是一首普通二流抒情詩而已，旣無精采之句，又乏雄奇之境，平平淡淡，毫不見奇；然享譽

竟是如此之隆，實在出人意表。可見美國到底還是太年輕，論科學
倒還罷，談文學哪能與英法匹敵？（殊不知佛氏之所以成名，竟還
是受到英國的器重）後來，雖又數度重讀此詩，但仍只不過是覺其
唸來順口，用字簡潔；至多對其結尾數行，表示了一些 sentimen-
tal 式的感嘆，尚未眞能得其要旨，領其神髓。

　　直到上了大學，讀詩漸夥，生活漸豐，隨著知識的累積與經驗
的增加，又唸上了英文系，了解英詩到底是怎麼一回事後，再重讀
此詩，感受便大不一樣了。同時亦漸漸開始領悟到，好詩，不單是
外在景物的描寫，且需具有更深的內在象徵意義，結構爲有機，音
樂富變化，至於象徵的層次，往往也是由淺而深，逐漸增加的。因
此，這首詩，正好做了我進入詩歌之門的敲門磚。不但啓發了我對
佛氏作品深厚的興趣，同時亦使我重新進入了中國古典詩歌的庭
院。

　　此詩中譯雖多，然因爲自己衷心寵愛，私下也譯過幾次，茲將
拙譯配合原文並列如左，以便討論。

雪夜駐馬林畔

　　　　這森林是誰的，我想我知道。
　　　　然他的房子却是在村子裏；
　　　　他不會看到我在此停留
　　　　觀賞他林子積滿白雪。

　　　　我的小馬一定認爲這很奇怪，
　　　　爲何在此沒家沒戶的地方停留，
　　　　在這森林與冰湖之間
　　　　在這一年中最最黑暗的夜裏。

他搖了搖他的佩鈴，

問問是不是出了什麼差錯。

此外就只剩下了微微的風

和雪花細細飄過的聲音。

這林子真可愛，幽黑且深遠。

但我却有些約會要赴，

還要走好幾里路才能安睡，

還要走好幾里路才能安睡。

STOPPING BY WOODS ON A SNOWY EVENIN

Whose woods these are I think I know.

His house is in the village though;

He will not see me stopping here

To watch his woods fill up with snow.

My little horse must think it queer

To stop without a farmhouse near

Between the woods and frozen lake

The darkest evening of the year.

He gives his harness bells a shake

To ask if there is some mistake.

The only other sound's the sweep

Of easy wind and downy flake.

The woods are lovely, dark and deep,

But I have promises to keep,

And miles to go before I sleep,

And miles to go before I sleep.

　　此詩初讀，無疑是寫景的，然若再反覆細讀，就會發現詩人簡單的面具後，另有他圖。開頭一句「這森林是誰的……」，猛一看，好像是對這森林的所有人來了一個小小的諷刺，暗示此人必定是一個汲汲營營，惟利是圖，只曉得實用價值，而不知純美爲何物的市儈；徒然擁有一座美麗的森林，不知依而居之，欣而賞之，卻擠在人煙稠密之處自苦；把一片大好森林，看成一堆木材，一堆錢財，而不知在其中發掘詩的素材。然而，我們若把這句問話再細加推敲，則其中暗含的「疑惑」成份，便會躍然而出。難道森林眞是可以屬於任何人的嗎？森林代表大自然，代表無窮，代表永恒，而人生暫短、渺小、脆弱；誰又能永遠擁有一座森林呢。那森林到底是屬於誰的？因此「我想我知道」就愈發顯得有味了。句末「白雪」的意象出現，描出了全詩的背景，也點出了全詩的重心，且不斷的在二、三兩段的句末一再出現，與最後一段遙遙呼應。森林旣是大自然的象徵 —— 白雪呢？是象徵着這個世界的冷酷還是純潔？抑或兼而有之？這一點，我們可在第一段的「林子積滿白雪」與末段「這林子眞可愛，幽黑且深遠」兩句對照之中，找到答案。很顯然，「白雪」這個意象是輔助「森林」而發展的，整個意象的排列，是對人生過程的一個暗示。所以可愛的林子，同時又是幽黑深邃不可測的，而白雪旣是純潔柔軟的象徵，又是死亡冷酷的代表。衆所周知，我們居住的這個世界，總是光明與黑暗並存的，決不可能偏向任何一個極端，至多只不過是互有消長罷了。有冷酷的一面，也必有溫暖的一面，正如四季的變換。然對人來說，這個世界無論如何是可愛的，是值得留戀的；人應該能眞眞實實的去體驗生

命，了解生命，敢於向黑暗挑戰，向未知探觸，使自己進入一個更深更廣更有價值的境界。從某一個角度看，「還有好幾里路……」實有「更上層樓」的味道。

　　然以上所述述種種，只是單純的從景物的描寫，來對此詩作稍微深入一點剖析而已，是靜態的；而全詩的主線，還是落在主角身上，是動態的。這一動一靜，緊緊結合，使整首詩活了起來。佛氏把他的主角孤零零的安排在一個所謂「一年中最最黑暗的夜裏」，其用意是至爲明顯的，而方法也很簡單陳舊。然在此一「老套」的處理中，加上了馬車和小馬，卻立刻使全詩生動且戲劇化了起來。尤其是詩中第三段，小馬的擬人化，特別值得我們注意。這一人一馬的關係爲何？這整個駕車的動作又象徵着什麼？由詩中的描述，我們知道，主人翁在雪中孤獨夜行，無伴無侶，於駕車奔馳之餘，忽然發現一座森林，立刻便能領略其可愛深邃之趣，從而停駐觀賞。拉車的小馬當然不能了解個中奧妙，但又自以爲是的回頭略帶責難的詢問原由……讀至此處，自然而然的就會令人聯想到古今中外多少英雄、大天才、大政治家、大藝術家所遭遇的處境。他們或駕御時代，領導思潮；或超越同儕，影響後世。他們有偉大的抱負，堅強的意志，深遠的見解；能看到別人所看不到的地方，能在別人難以繼續的情況下，堅定不移。他們的感情比普通人豐富，但亦因此比普通人更爲孤獨，因爲他們總是走在最前面，所遭受的誤解也總是比同情多。由是觀之，此一人一馬一車的對照，不正是象徵着此一情況嗎？一個孤高的心靈，奔馳於雪夜之中，除了小馬癡愚的鈴聲外，便只有風聲和雪花聲來作伴了。因此，主角在詩中最末一段喃喃自語中所提到的約會，也就不言而喻，成爲一種必然的發展：象徵着一個人以一生來追求自己的理想，爲了目標的完成，而繼續不斷的奮鬥。「還要走好幾里路才能安睡」的「好幾里路」，自然是指奮鬥的過程，而「安睡」則又成了死亡的象徵，暗示着奮鬥的尾聲，生命的終結。

　　我如此解析此詩，想必有許多人不以爲然，會認爲「詩就是詩」是不可說的，一落言詮則如畫蛇添足；要不然，也會有人覺得如此執著於象徵意義，似乎是太過份了（所謂 too far fetched，或是 read too much in poetry），這點顧慮倒是眞的。可是，當詩人對藝術的態度過於嚴謹，把自己的作品壓縮到由濃而轉淡的程度，把所有的激動都深深埋入地下時，適當的「引發」或「喚起」，是必要的；雖然這不一定能概括全詩所有的內涵與外延，但至少能幫助讀者喚起自己讀詩警覺心，從另一個角度，重新看去，或能欣賞到更新鮮的風景，進入更深刻的境界，或是發現了以前所未注意的缺點與敗筆。

　　佛洛斯特可說是最懂得在詩中利用空白的詩人，他的詩往往如中國畫一般，給人一大片想像的領域去奔馳，點到爲止，從不把話說滿。他的詩，表面看起來平淡無奇，但其中暗含深厚的震撼力量，卻是如水入牆，漸漸浸透人心，使讀者到達一個更高的享受境界。如他的「採蘋果後」（After Apple-Picking），「泥濘季節的二流浪漢」（Two Tramps in Mud Time）就是幾個人盡皆知的例子。此外，佛氏在詩中也很少用比喩，無論明喩或暗喩，均少運用，這也是英美大詩人的一慣特色。因爲他所追求的，是整體而不是片斷。這種詩風，求之當代中國詩壇則不多見。大家多已習慣「砍砍殺殺」立竿見影的句子，一味求鹹，而不知淡正是鹹的極致。至於說，對整個詩的結構安排及暗示象徵，則往往缺乏一種有機的組合。一些零散不相干的意象、廢句、贅語充塞在行間字裏，連主題都缺乏了（也就是 theme：包括 statement and idea④）更遑論象徵。這樣的詩，多半是在白紙上夢囈一番，讓讀者看了，莫明其妙，不知所云。我並不反對詩人夢囈，然夢囈變成了白紙黑字之後，便應該是一種負責任有計劃的夢囈了。這是作爲任何時代的詩人，都應深深警惕的。

　　詩之需要音樂，猶魚之需要水。每一首詩，都應該是一個有機

物，有自己特殊的結構與型態，且能夠自給自足。正如鷹和魚的結構與型態雖然不相同，但各自卻能在各自的環境中，自給自足，完成美妙的動作。恰如其分的音樂，正如空氣和水，可以幫助他們自由自在的生存、活動，使他們更能施展演出各種美妙的姿態。詩若缺乏音樂，則立刻成為標本，美則美矣，真則真矣，完整則完整矣，深刻則深刻矣，但只是標本而已。內容不能得到充分的變化推展，以及伸縮的餘地，則無法產生美妙的動作，感人的程度，也勢必要大打折扣。

佛氏此詩用韻，極為冷峻嚴謹，不但獨特，而且還富於變化。通篇全用抑揚四步格（iambic tetrameter）。例如第一段的第一行，就是標準的例子：

Whose woods | these are | I think | I know

其整首詩押韻的方法很特別，每段（stanza）一變，並且段段相關，環環扣緊。

第一段的韻腳為 AABA；know, though, snow 互相押韻。而到了第二段則成了 BBCB；queer, near, year 互相押韻，與第一段第三行的 here，遙遙呼應。第三段的韻腳延續第二段成了 CCDC；shake, mistake, flake 押韻，與第七行的 lake 呼應。至第四段，韻腳又變；本來照理說第四段的韻腳應是 DDED 的，但為了不使 E 懸空，失去著落，便打破了以上的格式而重複使用 D（這也就是所謂的 break of rime），以求收尾完整，自成體系。如此一來，不單加強了最後一段的總結力量，且因 P 音的不斷重複使用（如 deep, keep, sleep 等），更加深了此段音響上的神秘性，及意義上幽遠的效果，正好達到了波普（Pope）要求的， the sound must seem an echo to the sense（音義相互配合）的效果。⑤

縱觀佛氏此詩，無論在造意、用字、結構、象徵以至押韻各方

面，無不戞戞獨造，變化多端。而難得的是，全詩所呈現的方式，卻是如此的自然而嚴整，乾淨而俐落，絲毫不露造作的痕跡。讀者由於程度的不同，欣賞的層次也不一，但無論從那一個角度觀賞，都能給人一種相當的滿足。這也就難怪喜歡此詩的人那麼多，而願意將之翻譯出來的人，也那麼多了。

註：

①此詩題爲施穎洲先生的翻譯，刊於《世界名詩選譯》（皇冠出版，台北）民國五十五年，頁二五二。

②本文不擬討論譯文之優劣，又因手頭資料不全，故諸家譯文從略。

③英詩中譯，通常無法按原韻押韻。此詩，首段譯文尚勉强，以下數段只得聽其自然，不能强求了。

④關於主題(Theme: Statement and Idea)請參看布魯克斯(Brooks)所編的《詩歌入門》(《Understanding Poetry》, third edition, New York, Holt, Rinetart and Winston, 1960.)一書第六章。

⑤Alexander Pope 是十八世紀英國名詩人，尤以其英雄雙行體(heroic couplet 著名。此句引自其有名的「論批評」Essay on Criticism，全文係用韻文寫成，類似中國的「賦」。培倫（Laurence Perrine）所著 An Introduction to Poetry 就以此句爲書名，稱之謂《聲音與意義》（Sound and Sense）。

後記：此文發表於民國六十年八月幼獅文藝二一二期。六十二年五月，由李達三主編，新亞出版社出版的《佛洛斯特的詩》一書中，亦論及此詩，與我的看法不謀而合，特此附記。

下篇：

　　前些日子整理翻閱「幼獅文藝」，重讀了大學時所寫的論文：**佛洛斯特的「雪夜駐馬林畔」研究**。當時寫那篇文章，全靠直覺，雖有理性的分析，但多限於自己的推論，既沒有去看有關此詩的批評，也沒有讀過佛氏的傳記資料。所幸，在寫的時候，態度還算虔誠，知道多少說多少，了解多少寫多少，並沒有濫抄濫引，強不知以爲知。

　　「雪」文初稿成於五十八年十二月，五十九年服役時，在虎尾修改寄「幼獅文藝」，於六十年八月刊出。事隔五年，我發現我對原詩的看法並沒有改變，對譯詩的文字，則有如下的修正：

　　　　這森林是誰的，我想知道。
　　　　雖然他的房子在村子裏；
　　　　他不會看到我在此停留
　　　　望著他的林子積滿白雪。

　　　　我的小馬一定會認爲這很奇怪，
　　　　停留在此近無農舍的地方，
　　　　在林子與冰湖之間
　　　　在這一年之中最黑最暗的夜裏。

　　　　他搖了搖他的佩鈴
　　　　問問是不是出了什麼差錯。
　　　　此外就只剩下微微的風
　　　　和雪花細細的聲音。

這林子眞可愛，幽黑而深邃。

但我卻還有些講定事情要做，

還要走好幾里路才能安睡，

還要走幾里才能安睡。

　　新的譯文比舊的要流暢精簡些，在意義上也更接近原詩。例如末段第二行原爲「但我卻有些約會要赴」，雖然意思不差，但卻欠準確。許多人把這首詩裏的 promises 譯成「一些約會」或「一些約誓」，都不太恰當。因爲佛洛斯特用的是道道地地的新英格蘭口語，promises 並沒有「約誓」、「約會」、「諾言」等那麼嚴重的意思，在本詩中，其大意爲「一些答應要做的事情」而已。不過，佛洛斯特善於寓嚴肅於輕鬆，所謂「一些答應要做的事情」，也許表面無關緊要，實際上卻暗示着人生的大問題。詩中原文含蓄的地方，譯文也該含蓄，不該多嘴多舌的將之拆穿。

　　此文寫完以後，我陸陸續續看了一些有關佛氏的文字，批評與傳記均有。許多確實的證據與精闢的論點，剛好補充了我那篇文章引證不足的缺失，並有力的支持了我過去許多揣測性的看法。

　　首先，關於白雪及林子這兩個意象的詮釋，談德義及李達三兩位教授主編的《佛洛斯特的詩》（六十二年新亞版）中所採取的論點，便與我十分相似。我認爲白雪與林子含有兩個相反相成的意義，「所以可愛的林子同時又是幽黑且深邃不可測的，而白雪既是純潔柔軟的象徵，又是死亡冷酷的代表……。」而他們認爲：「詩中最明顯的象徵與對比便是"woods"。"snow"。森林可能象徵自然的神秘，雪可能象徵純潔、崇高等等。……第一節中，主述者說他停下馬來，是"To watch the woods fill up with snow"；這句話彷彿是在告訴我們神秘的自然表面時常蓋着一層看似單純的東西；表面上看起來是"lovely"，事實上卻是"dark and deep"（第十三行）。"lovely"，"dark and deep"便是象徵「善」與「惡」

或「單純」與「複雜」的對比。是的，平靜的湖水往往深得可以淹死人，美麗的毒蛇咬起人來，可以致命；這些都是自然事物中相反相成的特性。我們不必堅持認爲「神秘的自然表面」一定「時常蓋着一層看似單純的東西。」因爲自然界中外表與實質均可怕的東西很多，外表可怕，實質可愛的東西也很多，故白雪與林子這兩個意象之特性，應在「相反相成」這一點上。

我在「雪」文中認爲主人翁與小馬的關係，是「古今多少大英雄，大天才，大政治家，大藝術家」與他們所處的時代，羣衆或思潮之間的主從關係。這些人「有偉大的抱負，堅強的意志，深遠的見解，能看到別人所看不到的地方，能在別人難以繼續的情況下，堅守不移」。詹姆士・懷特（Jame Wright）在詮釋「雪」詩時，曾提到印度總理赫魯（Nehru）晚年最喜歡讀的就是此詩，且將之置於案頭，朝夕相對，有如座右銘。懷特對尼氏當年的心情有如下的描寫：「他深知自己必須肩負那可怕沈重的國家大任，不能有一刻疏忽，直到死而後已。」（during the last days of his life, when he realized perfectly well that he would have to carry his appalling burdens of public responsibility without relaxing for on instant, right up to the death itself.）美國總統甘廼廸，生前亦熟讀此詩，時時吟誦。一九六一年，在他就職總統的大典上，邀請佛氏朗誦「全心的奉獻」（The Gift Outright），以表他對老詩人的崇敬。由此可見，佛洛斯特此詩，確實可以引伸出許多政治或社會意義，我當年的直覺，並沒有離題太遠。有趣的是麥考姆・考利（Malcolm Cowley）竟利用上述因素，來攻擊佛洛斯特。考利是三十年代的名批評家，有點左傾，以喜歡挑佛氏的毛病聞名。他除了語言刻薄之外，又愛題外生枝，因此時時鬧出荒唐的笑話。「雪」詩在考利眼中，成了代表佛氏政治心態與社會主張的宣言。他嚴厲的批評詩人不該單獨徜徉於暗林邊緣，享受個人一己之情趣，更不該以樂觀的心情，催趕他的小馬往家裏跑。他認爲，在那種情況下，任

何一個成熟而又有責任感的人，都會斷然立刻下馬，開始做森林探險工作。因為那座黑暗林子，正好代表了美國現實生活的罪惡與可怕，在物質與精神上全都腐敗不堪，需要有人來消除髒亂，打擊魔鬼。①

林子是可以象徵善惡交集的美國社會的，考利的看法，本沒有錯。錯的是他既沒有弄清攻擊對象，也沒有了解自己攻擊的目的，結果鬧了笑話而不自知，真是可悲亦可嘆。不過，像考利這樣盲目的熱心人士，每個時代都有，例如國內某些所謂的批評家，就好像出自於考利之門，唱着似是而非的調子，誤導讀者的思想而不自知。例如尉天驄曾以柳宗元的「漁翁」為題，大肆宣揚「考利式」的幼稚看法。

> 漁翁夜傍西巖宿，
> 曉汲清江燃楚竹；
> 煙銷日出不見人，
> 欸乃一聲山水綠；
> 迴看天際下中流，
> 巖山無心雲相逐。

「這首詩看來是一幅現實中的圖畫，但實際上它是不存在於現實中的。我們只接近一下漁人們的生活，就知道他們夜晚不睡就為的打一些魚去換取生活的所需；想想他們夜晚疲倦的樣子，以及天亮時用江水洗一下沉沉欲睡的腦袋，就知道『漁翁夜傍西巖宿，曉汲清江燃楚竹』不是現實的反映，至於『欸乃一聲山水綠』更是不可能的事了。既然如此，這首詩所描寫的就是詩人的理想了。」

上述論點，乍看極是，細想則非。漁人夜晚不睡，是為了打魚，難道白天也不睡嗎？其實睡覺不睡，倒不是問題的重心。因為人睏了，自然想睡，至於睡得香甜與否，才是最重要的。評者謂詩人「藉一些為生活奔波的漁人來表白自己，讓人誤以為漁人都是天

下最快樂的人;於是,我們可以看到一種現象,一面是吃得飽穿得暖的隱士們在欣賞江上之清風,山間之明月之餘,大唱其『漁歌子』;一面卻是眞正的漁人們日曬雨打,飽不了肚皮。如此一比這首詩的理想也就頗有問題了。」以自己個人的觀點,去解釋漁人之「樂」,固然不妥;但這並不能證明,說漁人之「苦」,就萬無一失。因爲苦也好,樂也罷,都是旁觀者的看法,至於漁人本身怎麼想,則又是另外一回事。漁人很多,並不是每一個人都認爲生活很苦,也不是每天時時刻刻都沒有歡樂的機會與心情。因爲漁人也是人,他有物質上的需要,也有精神上的需要。考利式的批評家最大的缺失,在以知識份子高高在上的心態,去強迫非知識份子接受他們的同情,並在潛意識中,看輕非知識份子享受或領悟精神生活的能力。他們認定漁人、礦工、理髮小姐等等,只有物質上的需要,而無精神上的生活。因此,漁人們在海上打魚,一定是苦不堪言,絲毫沒有一時一刻的歡樂可言。而「吃得飽穿得暖」的人,是時時都能夠享受快樂的。如此極端的崇拜迷信物質,實在可怕。

　　事實上,漁人在海上,誠然很苦,但肉體的勞動,「有時候」也能帶給人精神上的愉快。同樣,富人肉體上的勞動雖少,精神上的負擔卻大,而且常常會大到讓肉體嚐到痛苦的程度。如果我們讓原本在海上的漁人,從小有上學的機會,長大後進入大學,但這並不能保證他就一定比海上的漁人快樂。因此,說漁人是「美麗的象徵」與說漁火是「苦難的代表」,都只是在文學上的表現有所不同而已,其出發都是一樣的 ── 以自己之心度他人之心。如果作家要深刻的描寫漁人的生活,就不能只是「接近一下漁人們的生活。」因爲生活是全面的,其中有苦也有樂,作家不能駝鳥式的,只看黑暗的那一面。

　　考利式的批評家,經常自我矛盾的把都市與鄉村一劃爲二,把知識份子與勞動大眾一分爲二,造成對立,以便大做文章。在批評都市人的生活時,便以四體不勤、只知逸樂責之;並盛贊勞動之

偉大、神聖，及能夠給人如何充實豐盈的生活。說到激烈處，眞恨不得把所有的都市人或知識份子趕下鄉去。但當他們筆鋒一轉，對準鄉下勞動人們時，描寫之間，則充滿了生活的困苦，勞動的疲乏，環境的惡劣，精神的絕望。又恨不得讓每一個勞動人口，都變成知識份子，享受知識的生活。殊不知識份子的生活，自有其苦痛的一面，有時是精神影響了肉體，有時則是肉體影響了精神，有時是肉體與精神上雙重的困苦。

人不是單純的。無論知識份子也好，勞動大衆也罷，都各有其苦樂悲歡。而其間的身份，也不是一成不變，固定不移的。沒有知識的人，可以因勤奮自修，變成有知識的人；富人也可以因揮霍破產，而變成窮人。因此，作家有責任代大衆抒發悲苦，打擊黑暗，發掘醜惡；但也有義務爲大衆描劃遠景，指出希望，標示前程。作家的任務是多重的，對同一事件，也可以提供許多不同的看法。人類社會的活動，本來就是包羅萬象，絕不囿於單一片面的解說。

柳宗元可以拋棄自己的身份，去做漁翁，親身體驗漁家的苦樂。而其結果，則往往不出下面四種模式：㈠柳宗元認爲漁家樂多於苦，漁翁有同感。㈡漁翁認爲苦多於樂，柳宗元有同感。㈢柳宗元與漁翁共同感覺到漁家苦樂參半。㈣二者相互不同意彼此的感覺。柳宗元在以上四種模式中，採取任何一種模式來表達他對漁翁的看法，皆沒有錯。因爲問題的重心在柳宗元是不是十分忠實的把自己的感受表達了出來。而其表達的方式，在藝術上是否臻至一定的水準。如果柳氏出發點不誠實，那即使他把漁翁的生活描寫得多苦，也無濟於事。因爲漁人的物質生活，不是靠一首詩所能改善的。同理，美國資本主義式生活的腐敗與罪惡，並不是佛洛斯特的一首詩全案解決得了的。詩人對社會大衆，負有責任，但不是全部的責任；而社會大衆的問題，只不過佔詩的一部份而已，決非全部。

我們不可以把一首以描寫樹林爲主題的詩，批評成沒有盡到改

革社會的責任，也不可把一首以描寫漁人生活的詩，批評成沒有顧
及到工人生活的改善。批評家在評論一首詩時，首先要注意到的，
就是該詩的主題何在，這樣才不至於緣木求魚。柳宗元以他自己的
觀點來描寫漁人，刻劃的十分精微獨到。從「漁翁夜傍西巖宿」到
「煙銷日出不見人」，都是有選擇的景物反映。其中的含意，可由
讀者自己去詮釋漁翁的生活。是苦是樂，也由讀者自己的經驗不
同，而有不同。至於「欸乃一聲山水綠」則是詩人自己的觀察，與
漁翁無涉。我們怎能說「欸乃一聲山水綠」是不可能的事呢？因爲
這句話本是詩人描寫自己對景物的感受與反映，而不是描寫漁翁對
景物的感受與反映。就算他是描寫漁翁對晨物的反映，也沒有什麼
不可能。批評家主觀的把漁翁看成一種無法感受大自然美妙的「物
質動物」，實在是可卑亦復可嘆，充分暴露出自己無知以及「知識
沙文主義」的作風。漁翁也是人，對自然當然也能感覺其美妙之
處，只是他無法像詩人一樣用恰當的文字表達出來罷了。我們不能
因爲漁翁的文字表達能力比詩人差，就一口咬定，他一定不能了解
或擁有詩人同樣的美妙感受。

　　作家創作，在精神上，應着重在人性永恆的那一方面，而不該
劃地自囿，製造階級；在方法上，作家運用的是文字，專注的也是
文字，其重點在使文字與精神相互配合，傳達給那些願意吸收「文
字經驗」的讀者，對於那些根本不在乎「文字經驗」的人，作家是
無能爲力的。這也就是爲什麼教育家、社會工作以及其他許多行業
存在的原因。人類社會是複雜多變的。作家在他能力範圍之內，應
該多體會多觀察各式各樣的人生，且將之用文字「誠懇深刻」的表
現出來。至於文字以外的種種，譬如行動與否，悲觀與否，完全要
看作者是否出於自願，發自內心，別人無權干涉，也沒有必要干
涉。考利之所以鬧出上述的笑話，一是因爲他沒有了解認清「雪」
詩的主題，二是因爲他把詩的經驗限制在一個窄小的範圍中，只着
重在物質功利的一面，忽略了精神的要素。

　　佛洛斯特父親原籍是新英格蘭，三十多歲時，便因肺病去逝，留下佛洛斯特和他的母親依附到馬薩諸塞茲州的親人家過活。佛氏是一個道地的鄉下人，高中畢業後，先後曾進入有名的達特默斯學院及哈佛大學就讀，但終因不慣學院氣氛而輟學。此後十數年間，他先後做過教師、皮鞋匠、報紙編輯，並在紐汗普謝爾自營過農場，可謂標準的勞動階級。他雖然對農事有興趣，但在經營上卻不行。談德義（Pierre Demers）戲稱「他的農場所產的『詩』比『利』多。」(His farm yield more poetry than profit)是十分貼切幽默之論。

　　佛洛斯特十五歲開始寫詩，到了三十九歲才在英國因龐德之助，出版了第一本詩集。次年，他出版了「波士頓以北」(North of Boston)，奠定了在詩壇的名聲。此後，佛洛斯特回到美國，開始一帆風順，成為英美兩國最受歡迎的詩人，得獎無數，佳評如潮，「鄉村詩人」、「農莊詩人」的稱號相繼而來，幾乎使他成了美國民間的桂冠詩人 (The Un-official poet laureate of America)。上至王公卿相，下至中小學生，都喜歡讀他的詩，抄他的詩；他不但成了青年目中的忠厚長者，也成了中年人心中的智慧象徵。如果稱他為「人民詩人」，當不為過。他以八十九高齡謝世後，舉國悲悼，倍享哀榮。像佛洛斯特這樣的詩人，應該是考利所推崇的對象才是。因為他的詩，內容多半是勞動經驗，形式則十分口語而大眾化，思想更是充滿了智慧，凡此種種優點，都是他受人們歡迎的要件。他在「刈草」(Mowing)中曾寫道：「事實是勞動體驗過最甜蜜的夢。」(The fact is the sweet dream that labor knows)可見他對勞動的熱心，認為可以直通真理。然而農民身份、勞動工作，並不夠阻止佛氏想的深遠，寫的複雜；也不能阻止他在哲學上有所體認，在玄學上不斷探討。因此，當考利以實用及物質的觀點來討論「雪」詩時，自然便顯得風馬牛不相及了。

　　「雪」詩中的林子與白雪，除了物質的意義外，還有哲學上、

人生上的意義。不然用字精簡淺淡的佛洛斯特，不會在最後一段突然寫出「這林子眞可愛，幽黑而深邃」那樣相反相成的句子；更不會不斷重複「安睡」一句。當時，我直覺的把 Sleep 一字當成「長眠」或「安息」解。後來發現許多批評家早就持有相同的看法，讀詩論詩至此，心中高興，可想而知。「一了百了」是人常有的想法，詩人是人，當然也不例外。詩人常在詩中表現自己對死亡的看法，有時也會流露對死亡的嚮往之情。英詩中所謂的 death-wish 就是指此。佛氏是二十世紀引導美國人重新認識自然，發現田園的詩人，他對死亡的看法與態度，原本應是達觀而處之泰然的。可是事實上，佛氏的詩在隱約之間，總是充滿了死亡的陰影；詩中的主人翁，也總是一個疲倦的老人，用蒼涼的調子，敍述他對安息的渴望：像「採蘋果後」（After Apple-picking），「雇工之死」（The Death of the Hired Man），「白楊樹」（Birches），「精密分工」（Departmental），荒地（Desert place），「火與冰」（Fire and Ice）等詩，都是如此。而「雪夜駐馬林畔」的白雪，則像一張巨大無比的被單一樣，裹人安睡或覆人安息。

　　佛洛斯特詩中這些可怖的意象與企圖，在他生前注意的人不多。因爲他的詩太流行了，他慈祥和藹的形像，在大衆心中已經固定了。批評家對流行詩人，總存有一種偏見，認爲流行就是簡單易懂，不願也沒有想到，佛氏的詩是如此經得起挖掘。尤其是在艾略特型的詩風與批評風氣盛行的時候，佛洛斯特幾乎變成了一個不值得一談的通俗詩人。可是佛氏是懂得忍耐與等待的，正如詹姆士・考克斯（James M. Cox）所言：他「似乎故意蓄力以待，以便確定自己沒有操之過急」（ seems to have gathered his forces deliberately and bided his time until he was sure of not launching himself too soon）。這話一點不錯。他成名前是如此，成名後還是如此，其毅力與耐力之強，無人能及，眞是不簡單。

　　深刻的好作品，是不會永遠被埋沒的。一九五九年，三月二十

六日，在佛洛斯特的生日晚宴上，主持人名批評家崔靈（Lionel Trilling）公開宣稱，佛氏是一個「可怕的詩人」（"terrifying poet），弄得聽衆嘩然，爲之不悅。此後他詩中苦澀的一面，逐漸被批評家發掘了出來。一九六三年，佛氏逝世，他的多年好友勞倫斯・湯普森（Lawrance Thompson）出版了有關他早年的傳記資料《佛洛斯特的早年：一八七四～一九一五》（Robert Frost: The Early Years, 1874-1915），把所有的佛洛斯特迷都嚇了一跳，打破了佛氏「慈祥智慧的田園老詩人」的神話形象。由是書的描寫，我們發現佛氏在早年生活困難之時，連續死了兩個孩子。他爲此負疚頗深，時常自苦，變得十分神經質，日日爲恐懼所包圍，夜夜爲惡夢所驚醒。他有兩次恐嚇要謀殺人的記錄，脾氣陰晴不定，暴躁易怒，嫉妒心又出奇的重，經常懷著自殺的念頭，企圖一了百了。在這樣的情況下，寫詩，對佛洛斯特來說，簡直成了「自救之道」。

一首詩應該「始於喜悅終於智慧」（It begins in delight and ends in wisdom），這是佛氏論詩的名言。但怎樣才算是終於智慧呢？他繼續解釋說詩應：「以一種對生命的了解與澄清爲終 —— 不一定需要看得太透，也不必像某某宗派或敎義那樣一定要如何如何大澈大悟，只要在生命的紛擾之中，求得片刻穩定即可。」（and ends in a clarification of life ——not necessarily a great clarification, such as sects and cults are bounded on, but in a momantary stay against confusion）②寫詩對佛洛斯特來說，只不過是在紛擾中求穩定而已，那就難怪他對詩的音韻要求得如此之嚴。工整的格律，往往可以穩定詩中浮動的思想及情緒，使之冷卻並發出理性的光輝。佛氏之所以能成爲二十世紀英語詩人中少數幾位十四行詩的高手，其原因或在於此。

「雪夜駐馬林畔」押韻工整而富變化，音義皆美，是二十世紀英詩中罕有的佳構。詩中 AABA BBCB CCDC DDDD 的韻脚，不只是重複變化，而且還配合著主題發展。詹姆士・懷特認爲佛洛

斯特在此詩中，溶合了但丁「神曲」中的 terza rima 與奧瑪‧開儼
(Omar khayyám)魯拜集(Rubáiyát)中的四行體，使之成為一種全
新的組成，和諧且美妙。奧瑪‧開儼的四行體的最後一行，在意義
上與前面往往相反，在聲音上卻常常相成，例如：

Yesterday This Day's Madness did prepare:
To-Morrow's Silence, Triumph, or Despair:
Drink! for you know not whence you came, nor why:
Drink! for you know not why you go, nor where

—(LXXIV)

整個調子是回溯的。而但丁的 terza rima 則是不斷前進的：

How I got into it I cannot say,
  Because I was so heavy and full of sleep
  When first I stumbled from the narrow way;

But when at last I stood beneath a steep
  Hill's side, which closed that valley's wandering maze
  Whose dread had pierced me to the heart-root deep,

—《The Divine Comedy》I: Hell, Canto I.③

其韻腳是不斷向未來展望的。佛氏很巧妙的把這兩種不同的因素溶
合在一起，使之與全詩的主題配合：㈠歸去安眠的意願；與奧瑪‧
開儼的四行詩相應，㈡探索林子，調查林子的意願，與但丁的 tera
rina 相應。在韻腳的指引下，聲音與意義，交溶無間，詩的主題，
也發揮了至極點了。佛氏能夠用如此通俗的語言，把輓歌與充滿理
趣的抒情詩，揉合成一新的秩序，其苦心的經營與高妙的技巧，是
值得我們品嚐再三的。

　　說詩人論詩，首先應澈底了解全詩的企圖，然後再細察該詩所用的技巧是否充分的表達了詩人的企圖。考察了作品本身後，才輪到用其他的觀點去討論該詩，諸如從社會的、經濟的、政治的、哲學的，甚至記號學……等方面去探討詩中所包含的東西。如果我們沒有了解到「雪夜駐馬林畔」的主題與詩人的企圖，就妄以社會及功利的觀點去討論批評一番，那結果非把那一片「可愛、幽黑而深邃」的林子，嚇得拔腿而跑不可。

註：

　　①見 Oscar Williams 編，《Master Poems of the English Language》，(New York, 1967), pp.923-924.

　　②見 Robert Frost, 《Complete Poems of Robert Frost》, (New York, 1969), p.VI

　　③Dorothy L. Sayers 譯，《The Divine Comedy》, (New York, 1949), p.71.

薔薇與愛

薔薇家庭（The Rose Family）

　　詩人寫詩，常會用到「反語」（irony）的技巧。因爲有些事情，用「嘲罵」（sarcasm）的方式，會顯得太直接，太露骨，略無餘味。例如失戀了，就罵對方是妓女、婊子、蕩婦等等，未免太過尖酸刻薄。因此 sarcasm 在英語中，多指口頭攻擊，最傷感情。事實上，此字源於希臘文，意爲「把肉撕開」，有一種恨不得生食其肉的怨毒。

　　至於諷刺（satire），在英語中，多指文字上的表現，動機較複雜，手法也較高妙，並非一般潑婦罵街式的人身攻擊。諷刺之爲用，或尖刻或敦厚，常以人性的弱點與罪惡爲目標，其用意常以警惕世人爲主，有勸善規過之心。因此，諷刺並非全是惡毒的，有時也在詼諧中，充滿了善意。

　　「反語」（irony）則在上述兩種技巧的範圍之外，其作用是「中性」的，有如外科醫生的手術刀，可以「嘲罵」也可以「諷刺」，也可以只是把當時的情況，忠實描寫出來，同時提供一個反襯，讓讀者自己去領悟正反之間所傳達出來的「精義」或「妙悟」。因此，在上述三種文字技巧中，「反語法」可謂是最能得中國「溫柔敦厚」的風人之旨了。

　　從詩的「顯」與「隱」來說，無疑的，「反語法」是屬於「隱」的一類，有時不仔細辨別，是無法領悟其中妙處的。我們在生活中，便常用到「反語法」。例如某人做錯了事，便常會被發現的人用「反語」責備：「好呀，看你做的好事」。這裏連著兩個

「好」字，便是「反語」。

在文學作品中，「嘲罵」與「諷刺」一看便知，但精妙的「反語」，却往往不是可以一眼就看得出來。下面我們舉佛洛斯特（Robert Frost 1874–1963）的一首「薔薇家庭」（The Rose Family）為例，以茲說明。

薔薇家庭

> 這朵薔薇是一朵薔薇，
> 而且以前一直是薔薇，
> 不過，這種理論發展下去，
> 就成了一顆蘋果是一朵薔薇，
> 而且，一顆梨子也是，同理，
> 李子也該是，我就這麼推理。
> 只有「有心人」才知道，
> 一朵薔薇下一步會變成什麼。
> 妳，當然，現在是一朵薔薇…
> 不過，以前也一直是一朵薔薇。

THE ROSE FAMILY

> The rose is a rose,
> And was always a rose.
> But the theory now goes
> That the apple's a rose,
> And the pear is, and so's
> The plum, I suppose.

The dear only knows

What will next prove a rose.

You, of course, are a rose...

But were always a rose.

　　這首詩是從佛洛斯特的詩集《西流之溪》(West-Running Brook)中選錄出來的，該集出版於 1928 年，詩人時年五十四歲，已出版過四、五部詩集，得過普立茲詩獎(Pulitzer Prize)，聲名正是如日中天，八年後他又以詩集《更上一層樓》(The Further Range)，再奪普立茲詩獎，大有美國詩壇盟主的氣勢。

　　佛氏的詩作，多半為長詩、中型詩，或短詩，十幾行以內的小詩不多。「薔薇家庭」便是他小詩中最膾炙人口的一首，不斷入選各種詩選。大約是受了龐德(Ezra Pound 1885-1972)「意象主義」(Imagism)的影響，佛氏在 1914 出版了《波士頓以北》(North of Boston)以後，開始了十行左右的小詩創作。其靈感可能是得自意象派所翻譯的日本及中國的俳句或絕句之類的作品。一九二三年，他出版詩集《新罕姆士爾州》時，其中就收錄六首十行之內的小詩。到了《西流之溪》中，小詩已增至十一首之多，可見他對這種短小精幹作品的創作，不但十分用心，而且還頗感得意，大量收入詩集之中。

　　全詩不分段，以四個句子組成。Rose 一般譯做玫瑰，此處譯成薔薇的原因是，Rose 本屬薔薇科植物(Rosaceae)，包括蘋果、梨子、李子等等，開的花，都屬於薔薇花系。此外 Alpine rose 是石蘭花，Chinese rose 是月季花，rose of May 是白水仙等等，也分別與薔薇有若干牽連，因此 Rose family 如果依植物學的觀點來譯的話，便應做「薔薇科植物」或「薔薇系譜」。不過 family 一詞在此詩中一語雙關，譯成純科學名詞如「科」之類的，未免太煞風景，故仍譯做「家庭」。當然，譯成「薔薇族」也可。不過，此

詩主旨在探討愛情、婚姻問題，「家庭」當比「族」來得切題些。

　　此詩第一層意思如下。第一句說明任何一朵「個別薔薇」，都是「一般薔薇」之一。the 是定冠詞，a 是不定冠詞，人們憑花的特徵，得以辨別其是否屬於薔薇科。所以在一般人的心目中，薔薇科的花朵，永遠是薔薇，現在如此，過去也是如此。這是真理，不會變的。

　　第二句，詩人提出了一個特別看法。他說，這個理論如發展下去便成了「蘋果」是「薔薇花」了。goes 在此可做「結果，結局，逐漸，演變」解。詩人注意到，薔薇花瓣萎落後，花的本體仍在，而且「演變」或「發展」成人們心目中的「蘋果」。於是詩人以此類推，薔薇在花的階段，有其共同的特徵，大家得以輕鬆的辨認。但發展下去，便面目多端了。梨子、李子都成了「現階段」的「薔薇花」。

　　第三句，詩人說，只有「有心人」，才能知道，下一步薔薇花會是什麼樣子。dear 做名詞用，本是指「親愛的人」，The dear only knows 的句法應為 Only the dear knows。此處 dear 是指對薔薇花有深刻認識及了解的人。也就是對薔薇花關心照顧的人。故可譯成「愛花人」或「有心人」。prove 在此是及物動詞，有「表現」、「查驗」之意。全句是指薔薇花既多會變化，不知下一步會變成什麼樣子。這事，只有「有心人」才知道。

　　最後一句，詩人語氣一轉，指向一個人，說「妳」以前是一朵薔薇，現在也是一朵薔薇，妳跟真的薔薇不一樣，妳是不變的。句中的"you"是男是女，本沒有言明。不過，依照英詩的傳統，薔薇、玫瑰，多用來象徵女子，或愛情，故翻譯成「妳」也就順理成章了。

　　全詩的第一層意思，要把前三句與最後一句，對照起來看，方能得其神髓。我們只知，rose 在英詩傳統中，一直被當做情人或愛情的象徵。例如傳說是彭斯（Robert Burns 1759－1796）寫的「紅

紅的玫瑰」（A Red, Red Rose），開宗明義第一句，便直說「啊！我的愛人像一朵紅紅的玫瑰」（O my Love's like a red, red rose）。Rose 在基督教的傳統裏，常與聖母瑪利亞聯繫在一起，代表了一種更高更大的慈愛。然而不管是那一種愛，在做初步的辨認時，是較簡單的，就像辨認薔薇科的花朵一般，討人喜歡而辨別容易。

然「愛」却不像一般人認知的那樣死板，隨着時間的改變，它是會變化生長，發展演變的。其結果往往使人忘了「愛」的原來面貌，忘了花的原來形狀，而爲之另取新的名稱，如蘋果、梨子一類的。蘋果在基督教傳說中，象徵了種種人生當中「複雜的慾望」，梨子在不同的時代，也有「男性」的象徵意義。此處，詩人雖沒有一定說「愛」會變成「慾」，但開花結果本是自然的過程，愛中有慾，愛會變化成新的形式等等，却是不爭的事實。此處，詩人很明顯的，已把握愛之「生生不息」，「不斷變易」的本質。這是愛的本質，也是生命的本質。任何人，只要「有心」，當可看出其中奧妙。而「有心人」是指誰？上帝？造物主嗎？還是有慧根的人？這就耐人尋味了。

於是詩人接下來指出，薔薇或愛，下步會變成什麼，只有「有心人」知道。在此，詩人故意不說出答案，讓讀者自行去體會。因爲前兩句已暗示得很清楚了，再說下去便會有畫蛇添足之譏。答案當然是果熟落地，腐爛後化爲種子，再造全新的生命，再開一次花，再結一次果，生生不息，不斷傳遞愛的眞諦。於是「死亡」與「新生」的暗示，便呼之顯出，成了全詩的重點之一。

與自然天道相對的是「人工」。詩人在此用「反語法」說「妳」當然是一朵薔薇，但好看歸好看，却不能變化，永遠只是薔薇，一朵「人工薔薇」罷了。在此詩之中，佛氏溫柔敦厚的諷刺了一些把愛情當兒戲，朝三暮四，只開花不結果的女子，與或是誤認愛情只應有靈而不該有慾的女子。同時亦指出「愛」是千變萬化，

因地因緣說法，不宜看「死」了，成爲一種一成不變的東西。

　　詩人看出愛的變化，與時間的關係，故在動詞的運用上，特別注意，在 is, was, are, were, goes, will 之間，傳達出許多訊息。中文裏無這些動詞變化，讀者一不小心，便會忽略這些動詞所含的言外之意，而無法掌握全詩的精義。這是我們在讀英詩，應該特別留意的。

泉水與詩

牧場與雨蛙溪（The Pasture and Hyla Brook）

上篇：牧場（The Pasture）

　　詩，從表面的字句看來，可分爲「難」「易」二種。表面上難懂的詩，一開始便讓讀者心存戒心，一字一句，細細推敲，不敢稍有馬虎。這種詩，可歸爲「顯」的一類。另外一種詩，表面字句平易，讀者初品，多半淺嚐即過，覺得平淡無味，平實樸素，既乏動人之情，亦缺警策之句。但如果他肯回頭細心精讀，便會發現這類的詩，是屬於「平中見奇」的那一種，其精彩之處，不在一字一句，而在全篇所凝聚出來的整體力量。這種詩，可歸爲「隱」的一類。

　　詩歌創作，或「顯」或「隱」，只要寫的好，都可成爲一流的佳作。「顯」「隱」之間，還看所要處理的「題材」及所要表達的「神思」而定。最好能夠寫得內外相輔，思感交融，方爲上乘。否則該「顯」的，弄「隱」了，該「隱」的，又寫「顯」了，都不能得詩家三昧。

　　在美國詩人中，佛洛斯特是屬於「隱」的一型，他的作品表面上平淡淺顯，一目了然，但如果細讀之後，便會發現其背後所深藏的感情與意義，却又精奧無比，引人思索再三，玩味無窮。我們以他中年的一首「牧場」（The Pasture）爲例，便可充分說明他這種以「隱」爲宗的風格。下面這首詩是選自他的詩全集《Complete

Poems of Robert Frost》的卷首，作用等於序詩。該集於 1949 年初版，當時詩人是五十五歲，正值盛年，詩風成熟而穩定，早已自成一家，受到舉世的推崇。他以這首貌似平凡的小詩，冠於全集之首，其意義之深，自不待言。

牧場

我要去疏濬牧場上的泉水；
只要到那裏把葉子耙清即可
（或許留下看水轉清，也未嘗不可）
這要不了多久的。──你也來吧！

我要出去牽那頭小牛
站在母牛旁的那一頭，真是太小了
母牛用舌頭舔舔，他便搖搖幌幌站立不穩！
這要不了多久的。──你也來吧。

THE PASTURE

I'm going out to clean the pasture spring;
I'll only stop to rake the leaves away
(And wait to watch the water clear, I may);
I shan't be gone long.――You come too.

I'm going out to fetch the little calf
That's standing by the mother. It's so young
It totters when she licks it with her tongue.
I shan't be gone long.――You come too.

　　這首詩，表面上是講一個牧場的主人或牛仔，於春天來時，正在心裏計劃一些該做的工作，並希望他的朋友或親人也一起跟着去，共同經驗一下牧場上的事情。但實際上，却是藉牧場爲象徵，探討人生經驗與藝術經驗的外在關係，以及其內在相輔相成的寓意。

　　Pasture 有「草地，山坡，牧草，牧場」等意思，這個字要與 prairie 一起對照着看，才能夠知道其確切的用法。prairie 是指「大草原」，如美國西部，落磯山脈兩邊一望無垠的大平原。平原上水草樹叢或山坡林蔭，有人經營牧場或野牛羣聚之處，便是 pasture。在這首詩中，.pasture 是指人工經營的牧場，spring 則是指牧場中的泉水，可能是小溪，也可能只是澗水或水溝。冬盡春來，水道中積滿了去年的落葉腐葉，需要有人將之耙清，以暢水流。rake 是「耙」的意思，本是名詞，在此做動詞用。stop 則做「停留」解，但在此意謂把水道疏濬完即走，沒有久留的意思。翻譯的時候，不必一定要把「停留」兩字寫出，只要把「並沒有要久留」的意思暗示出，即可。

　　And 本是連接詞，連接 I'll only stop to ... 與 I may wait to ...。不過，這裏的語氣稍有轉折，故把 and 翻譯成「或許」，而 may 則譯成「未嘗不可」。詩人把 I may 放在句尾，產生一種斟酌的語氣，十分難譯。may 有「可能，可以，願，俾可，欲，盡可以」等意思，此處當「大可以」解。Shan't 是 Shall not 的意思。全句是說：事情不是很困難，去去就來，花不了多少時間。

　　全詩第一段是一個句子，由三個簡單句（simple sentence）及一個集合句（compound sentence）組成，嚴格說來，全段包含了五個簡單句，其中有四個是以 I 做主詞，與 you 形成了一個强烈的對照。其實詩人本可以把這這四個以 I 當主詞的簡單句，轉化成一個複合句（complex sentence），但他沒有。他只是按照口語的自然次序把所要講的意思，一步一步的說清楚，沒有比喩，也不假修飾，

深得直樸天真之妙。翻成中文時，太多的「我」，不單妨害中文的語氣節奏，同時也有傷原詩的直樸之本質，故在第一句後，一律省略，意思不變，文字則簡樸流暢，暗合原文。

第二段第一行，fetch 原是「帶來」「拿來」之意，此地譯做「牽」。calf，是指出生不久的小牛，公母均可。totters 是「站立行走不穩」的意思，licks 則是舔的意思。此句是指牛媽媽愛憐的舔着小牛，小牛剛生下，身體弱的很，經不起她這麼一舔，腳步不穩，搖搖幌幌。

到目前為止，我們讀到的，只是兩件單純的事──兩件還沒有發生的事。但我們如果仔細把詩中的意義如「泉水」、「葉子」串聯起來的話，那簡單字詞背後所含有的豐富意義，便顯露出來了。

「泉水」是牧場生命的泉源，沒有水，草枯地荒人畜皆無法生存。冬盡春來，正是泉水活潑，生機乍現之時。詩中的主述者（speaker）要出去清理枯葉，疏通流水，其象徵的意義是很大的。然而，生命的把握，與生機的捕捉，皆非容易之事；耙子過處，舊創新傷，一起出現，而水流也難免一陣混濁。但只要有耐心與智慧，世事終於會有自動澄清之時，生命也會在沉澱中，顯露出本質。只要你願意，生命的迷霧，終有澄澈見底的一日。

探索生命與生機，需要自己動手去工作，去發現。但這工作態度必須以愛心為出發。母牛生下小牛，母愛自然流露，是生命的訊息，也是生機的萌發。小牛離開母體，終究要學習如何獨立，過多的母愛，徒然使他站立不穩。牽牛的過程是創造生命的過程，也是尊重生命獨立的過程。母牛生下小牛，舔舔牠，然後讓他獨立去經驗這個世界。在我們這個世界上，有生產的痛苦、愛的痛苦，也有愛的信任及關切，更有愛的割捨與成全。

以上所論是此詩的第二層意思，於其中第三層意思則與詩的創作及藝術的產生有關。

主述者要去牧場清理流水，是藝術創作過程的一種隱喻

(metaphor)。詩人心中有感情鬱積而不得發，有如冬寒溪水結冰不得流動。等到春天來到，靈感亦來到，只要以筆為耙，把不必要的字句除去，靜待水清，作品自然完成。所謂「船到橋頭自然直」，所謂「水到渠成」，正是詩人嚮往的創作過程。

　　詩人創作出詩篇，猶如母牛產子，是痛苦與愛的過程，不過作品完成，還要交到讀者的手中，也就是詩中的 you，方能成長。詩作最後，還是要靠其本身的內在力量茁壯獨立，不能一輩子在詩人的呵護及詮釋之下生存。

　　讀詩至此，我們方才明白，詩人為什麼在出版自己作品全集之時，要寫下這首詩為序了。因為他的詩多半是在那種「以待水清」的情況下寫成的。而全集的出版，在整個詩史上，正如一頭初生的小牛，在讀者廣大草原上，練習着如何獨立自主，如何一顯身手。

　　這是一首抑揚五步音的無韻詩(iambic pentameter，blank verse)不押尾韻。但全詩在音韻上亦有呼應之處，如第一段的 away 與 may，第二段的 young 與 tongue，以及兩段結尾的 too 等等。I may 後在句尾除了與 away 呼名外，又可收語氣轉折的效果，真可謂一舉兩得。我在翻譯時也儘把音韻呼應的地方譯出，如「可」「了」「吧」等，雖然簡陋了些，但也算可以交卷了。

下篇：「雨蛙溪」(Hyla Brook)

雨蛙溪

一到六月，我們的小溪就不流也不唱了。

再過一陣子去看，便會發現溪水

要嘛，全摸索到地底下去了

（連帶着所有的雨蛙族

一個月前，他們還在迷霧之中叫着，

像雪橇鈴的鬼魂在雪花的鬼魂之中……）

要嘛，就揮舞着，在水金鳳的葉子裏冒了上來，

細瘦的葉子在岸上被風吹斜

而且還是朝背着流水的方向斜。

留下溪床，一張褪色的紙片

上面滿是枯死的葉子，被曬得黏貼在一起……

除了記性好的以外，誰也認不出這是一條溪流

可以想見的是，這條溪流與一路唱着流向

其他地方的許多溪流是太不相同了。

我們愛吾所愛，無他，愛其本色而已。

HYLA BROOK

By June our brook's run out of song and speed.

Sought for much after that, it will be found

Either to have gone groping underground

（And taken with it all the Hyla breed

That shouted in the mist a month ago,

Like ghost of sleigh bells in a ghost of snow）——

Or flourished and come up in jewelweed,

Weak foliage that is blown upon and bent

Even against the way its waters went.

Its bed is left a faded paper sheet

Of dead leaves stuck together by the heat——

A brook to none but who remember long.

This as it will be seen is other far

Than with brooks taken otherwhere in song.

We love the things we love for what they are.

　　這首詩是佛洛斯特壯年時期的作品，收入他的詩集《兩山之間》（Mountain Interval），於 1916 年出版。那一年，他四十二歲，是從英國回到美國定居的第二年，正是功成名就，衣錦還鄉的階段。

　　此詩大意是說，每年一到六月，主述者鄉間小溪的水，就不見了，再也聽不到流水潺潺的歌聲。再過一些日子，溪床表面就完全乾了。溪水或轉入地下探索，變為地下水，或化成岸上的植物如水金鳳（Jewelweed）。「水金鳳」直譯的話，就是「珠寶草」。

　　在此，詩中的主述者，插入了一段話，說一個月以前還在溪裏活躍的雨蛙（hyla），也就是「樹蛙」或「樹蟾蜍」（tree toad），現在也隨着溪水，完全消失了。這條溪以雨蛙得名，可見其中蛙族之多，在暮春時節的迷霧中，牠們每天叫個不停，十分熱鬧。主述者在此打了一個十分奇怪的比喻，說這些在霧中鳴叫的雨蛙，有如在雪中響着的雪橇鈴：詩人認為，春霧是冬雪的鬼魂，而雨蛙的叫聲則是雪橇上鈴聲的鬼魂。冬雪消融之後，化為迷濛的春霧；雪橇鈴聲消逝後，化成雨蛙的叫聲，這是一個十分新鮮有趣的明喻

（simile）。

　　接下來，主述者開始描寫水邊植物「水金鳳」，葉子細瘦疏落，被風吹得長向一邊，而且還是背離溪水的那一邊。至於溪床，則乾得像一張褪了色的紙片，上面堆滿了枯死的葉子，被太陽曬得全都黏貼在一起了。不知情的人，看到了，還眞認不出這裏原先有一條小溪。就是知道的人，如果記憶力不好，也很容易看走了眼，認不出來。

　　最後，主述者說，這條「雨蛙溪」，與其他流水不斷的溪流比起來，實在是太特別了。不過，我們之所以會喜愛一樣東西，往往就是因爲其與衆不同，自有本色的緣故。如果沒有什麼特色，當然也就不會讓人特別覺得喜歡。

　　以上是這首詩的第一層意思，表達出主述者對家鄉小溪的感情。這條小溪的特色是春天有大霧、有雨蛙；而夏天一到，便完全消失了，剩下溪岸邊的一些水金鳳，在艱苦的環境中生長着。只有喜歡這條溪的人，才看得出來，那一片荒地，原來是流水潺潺的溪床。最後主述者以一句類似哲理的句子，結束了全詩。他指出，我們若愛上一樣東西，就會毫無條件的愛上其全部，也就是愛上其所有的特點。這些特點，從另一個角度來看，可能是缺點。但有時候，別人眼中的「缺點」，正好是自己眼中的特點。

　　全詩十五行，有押韻，韻脚是 ABBACCA, DDEE, FGFG。第一行是一句簡單句。第二行 Sought for，前面原應有 It is，被省略。這是因爲後面有 it will be found 的緣故。第四行原句應該是 all the Hyla breed has been taken with it 或 was taken with it。it 是指溪水。

　　第七行 flourished 一字本爲植物長得「繁茂昌盛」之意，但也做「揮動，擺動」解。此處是指溪水變化成爲植物的汁液，使之長出葉片。因爲下一行有 weak foliage（瘦弱的葉子）的描寫，故此處還是譯成「揮舞」比較恰當。

　　第十三、四行，This…is…other…than 是一句成語，意為「與…不同」。As it well be seen，意為我們可以預見這條小溪在將來會如何如何，也就是「可想而知」或「可以想見」的意思。這兩行原本應該寫成 As it will be seen, this is other far than with brooks taken otherwise in song.

　　主述者在詩中給了讀者幾個暗示，一是說水聲如歌（song），二是說乾河床如褪色的紙張。這使我們聯想到詩人寫作的過程及經驗。因此，這首詩的第二層意思，可能與詩人自己的創作生涯有關。

　　佛氏在寫此詩時，正值壯年，功成名就，一切順利，可謂處於人生的「夏季」，是流水浩蕩，萬物繁茂的季節。然而詩人卻發現，他的創作生命，正好像這條「雨蛙溪」一般，水量不是十分充沛，到了夏季，在陽光的烘烤下，反而乾成了一片褪色的紙張，再也寫不出什麼東西出來。不像別的作家，別的溪流，在壯年順境之時，可以滔滔不絕，不斷的「唱」下去。事實上，佛氏在出版《兩山之間》後，大約等了七年之久，才在 1923 年，出版他第四本詩集《新罕姆士爾》（New Hampshire）。可見身處順境的詩人，在創作上反而出現了問題。

　　如果溪水是詩人的創作生命，那雨蛙就是詩人所創作的詩篇。創作泉源枯竭，作品也隨之消失不見。不過，以「雨蛙溪」來說，其流水枯竭的現象只是暫時的。那創作的生命之泉，並沒有閒着，它流入地下，去探索更深一層的人生奧秘；或走入岸上卑微的植物之中，去經驗風沙的吹打。「水金鳳」是長在溪邊不起眼的植物，但其英文名稱卻是「珠寶草」。在此，詩人選用 jewelweed，而沒有選用其他的字眼，是深具象徵意義的。這表示詩人的創作力，也可以轉化成看似卑微但卻自有其價值的「寶石」。此處如果用了其他的草名，就達不到此一象徵層次了。「珠寶草」的葉子，被現實的風吹向陸地，但其根還是向着溪水的。葉子朝「背着流水的方

向」傾斜，只不過是一個表面的現象罷了。

　　乾涸的溪床，有如久久寫不出詩的稿紙，褪色而發黃，上面堆滿了層層腐葉，層層鴉塗，顯不出絲毫生命力來。因此，一般人會認為作者已經江郎才盡了，只有看得遠的人，才能夠「想見」（as it will be seen），過一段時間之後，這條小溪會重新活了過來，唱出新的歌聲。這也就是說，小溪現在的「沉潛」（地下），現在的深入「民間」（水金鳳）是為了將來唱出更美好的曲調。

　　上述種種是「雨蛙溪」的特色，也是詩人的本色。主述者在此宣稱，他與其他的詩人（或其他的溪流）是如此的不一樣，如果讀者要喜歡，就喜歡他的本色好了。他不會為了討人喜歡，而改變自己。因為寫詩，就是要在艱困的環境中，指出一線希望；有如在大雪之中，聽到雪橇鈴聲，告訴人「生命」出現的方向，讓人可以依聲尋找；又如在大霧中，聽到雨蛙的叫聲，告訴人「活水」流動的方向，使人可以依聲辨位。生命的迷惑與艱難是無處不在的，四季之中每季都有特殊的困難：在冬天是大雪，在春天則是迷霧；在秋天是洪水，在夏天則是乾旱。冬雪死去，化為迷霧；迷霧死去，化為乾旱。在生命的困境中，詩是鈴聲，是蛙聲，是一種活生生的指引。而詩本身也是變化多端的，有時化為地下水，有時則化為沉默又卑賤的植物。詩生長的方式是多變的，不一定老是以浩浩蕩蕩的流水，高聲歌唱。關於這一點，「記性好的」、有眼力的讀者，當能體會個中真諦。

雪花之禪

雪花紛紛（Dust of Snow）

雪花紛紛

剛才從毒芹樹上
一隻烏鴉
把片片雪花抖落
在我身上的樣子

已使我的心情
為之一轉
不再老是後悔
虛度了大半天

DUST OF SNOW

The way a crow
Shook down on me
The dust of snow
From a hemlock tree

Has given my heart
A change of mood

And saved some part
of a day I had rued.

「文藝」雜誌一六二期丁顯文先生談佛洛斯特「雪塵」一文有
句云：「讀了四位前輩名家的譯作後，使我們茫然，而有無所適從
的感覺……他們是否研究過原文？他們對原文又能了解多少呢？值
得我們懷疑。」我剛好是上面「四位」之一，對此詩有以下的看
法。

「雪花」（或「雪塵」）是美國大詩人佛洛斯特的一首小詩，
從《佛洛斯特詩全集》(Complete Poems of Robert Frost, 1964)中
選錄出來的。佛氏的詩，以「平中見奇」出名，往往乍看淺近明
白，毫不起眼，待細味後，神髓方出，絕妙非常。我說他的詩「淺
近明白」，是指他遣詞造句而言。粗心的讀者，匆匆閱過一遍後，
大多只能解其表面的意義，而無法真得其中精神。事實上，他的
詩，大多含蓄曲折，暗示豐繁，外表輕快，內裡沉鬱，常使一般讀
者搞不清那些簡單的字句，到底在說什麼，非精讀細品，不能得其
佳處。上面選的這首小詩，便是個好例子。

這首詩很簡單，只有一個句子，以 The way a crow shook
down on me the dust of snow from a hemlock tree 為主詞，has
given 與 has saved 為動詞（has 省略了），受詞分別是 my heart
a change of mood some part of a day 後面還跟了一個限定性的關
係子句(restrictive relative clause)that I had rued（that 省略），
句法乾淨俐落，一氣呵成，妙得婉轉跌宕之趣，深得音義相融之
旨。

此詩大意是說：一人立於樹下，見樹上烏鴉抖落殘雪，灑了自
己滿頭滿臉。此時，他忽然開悟，心情為之一轉，一天之中的種種
不快、種種遺憾悔恨，至此已消除大半。他本來以為這一整天是白
白糟蹋了；不料看到烏鴉抖雪，心情上獲得轉機，但覺意緒為之一

變，暢快了許多，而這一天也就不致完全虛擲了。

讀詩至此，我們大概知道全詩是在說些什麼。但是，詩人為什麼要這樣說呢？為何看到烏鴉抖雪，心情便會突然為之一轉呢？這還需要我們進一步的探索。

我們重新細品原詩，便會發現，這首詩的意義是建立在兩組意象的類比上。烏鴉站在毒芹樹上，人站在毒芹樹下，烏鴉忍受冬天的寒冷，背負雪花；人也忍受冬天的寒冷，心情不佳。烏鴉站在毒芹樹上，可能是因為天寒地凍，飛翔不易，覓食困難，只好負雪而立。人站在樹下，可能是因為心情沉重無法排遣，出來散心解悶。此時，烏鴉突然抖動身體，把壓在身上的寒雪給輕易的抖落了。寒雪落在樹下獨立人的頭臉之上，一陣冰涼，無異當頭棒喝，產生一種新鮮的刺激，使他忽然醒悟到，一天中的煩心之事，也可學烏鴉抖雪一般，抖個乾淨。想到這裏，於是他的心情便霍然開朗，頓時感覺得好過了一些。

至於烏鴉為什麼是站在毒芹樹上，而不是站在其他樹木如松樹之類的上面呢？這也許是巧合，也許是詩人有意的安排。以詩論詩，我們相信詩人寫作，字句斟酌，不可能隨便書寫。如果一旦選用某種特定的樹，必有深意。不然他大可說烏鴉站在一株老樹上，便可以了。hemlock 據美國《藍燈大字典》解說，是美洲產的「鐵杉」，或鐵杉屬的樹木，又稱毒芹樹。但此字又可指胡蘿蔔科之一種「毒草」，俗稱毒芹或毒人參，又可指一種用此草煎成的「毒藥」。此種毒藥在英國詩史上，是很有名的。浪漫派大詩人濟慈在他的名詩「夜鶯頌」（Ode to a Nightingale）中的開頭兩行，便提到這種毒藥：

> 我的心抽痛，一陣昏沉的麻痺使我感到
> 刺疼，好像我剛剛喝下毒芹液一般，

My heart aches, and a drowsy numbness pains
My sense, as though of hemlock I had drunk,

這兩句講詩人心中哀傷的抽痛，產生了陣陣昏沉的麻痺感，使感官都痛得失去了知覺，好像喝了毒液似的。所謂的心中的哀痛，當是指不如意的事情。因此，濟慈詩中的 heart 與佛氏詩中的 heart，當能相通，都是指一種與感情有關的心境。濟慈形容心中抽痛如飲毒芹液，而佛氏則讓一個心中充滿煩憂的人站在毒芹樹下，其象徵的作用，不言而喻。由是可知「毒芹」一字，可暗示生活上的種種逆境，刺痛人心，使之麻痺。佛氏詩中的主述者，在寒冷的雪地中獨立，正是心情破敗麻痺的寫照。事實上 hemlock 這種毒藥，在西洋史上，是非常出名的。雅典城邦在判處犯人死刑時，就是給這種毒藥喝。希臘哲人蘇格拉底臨終時，所飲的毒藥，也是 hemlock。柏拉圖在他的「菲多」(phaedo)一文中，藉菲多之口，描述一代哲人之死，哀婉悲慟，記之甚詳，遂使此種毒藥在西洋文化史上是大大出名，人盡皆知。

當然，讀這首詩時，不知「毒芹」的文學背景，一樣可以正確把握主旨。但如果能洞悉其象徵意義，那對原詩則可做更進一步的欣賞。總之，詩人寫詩，務必求得詩中每一個字都對其主旨有所貢獻，以儘量豐富詩的意義為原則。尤其是現代詩，一篇作品能具有多義性，當是一種美德，值得讀者作者全力追求。

「雪花」一詩，最初收入佛氏的詩集《新罕母雪爾》(New Hampshire)一九二三年出版，並獲得次年的普立茲詩獎。佛氏在美國寫詩多年，並經營農場，詩無人欣賞出版，農場也經營不善，於是在三十八歲的時候（一九一二年）舉家遷至倫敦打天下。當時比佛氏小十一歲的美國詩人龐德，也在英國找出路、闖字號。他剛出版「反唇相刺集」(Ripostes)，把英國哲學家休姆(T. E. Hulme)的五首短詩，收入該書為附錄，開始提倡「意象主義」。龐德

看到佛洛斯特乾淨清爽的詩作後，大爲欣賞，認爲其詩一掃維多利亞式的矯柔造作，純任自然，不可多得，立刻大力向出版商推荐，促成一九一三年《少年之志》（A boy's Will）及一九一四年《波士頓之北》（North of Boston）兩本詩集在倫敦出版。《少年之志》推出後，立刻受到批評家的重視及讀者的歡迎；次年《波士頓之北》問世，更被譽爲二十世紀最佳詩集之一，於是佛氏名聲大噪於歐洲，廻響震動了美國。這兩本詩集的美國版馬上接着發行，立刻暢銷，轟動詩壇，美國的批評家，亦紛紛開始追認了他的才華。

一九一四年，正是龐德正式展開推動「意象主義運動」的那一年，他發表了「意象主義者的幾項禁忌」（A Few don'ts by an Imagist）做爲這個運動的宣言。當時佛氏在倫敦，雖沒有直接參與響應，但對意象主義者的作品及他們所翻譯的中、日詩歌當不致陌生。他在英國成名後，對太太說：「我的書回了家，我們也跟着回去吧」，於是便在一九一五年重返新英格蘭定居。次年，他出版《兩山之間》（Mountain Interval），仍繼續以前的風格，不爲意象主義所動。所以，威廉・普瑞特（William Pratt）在一九六三年編《意象詩人集》時，網羅了許多重要的美國詩人，如 W. C. 威廉姆斯、桑德堡、瑪麗安・摩兒、史蒂文斯、康明斯、麥克里希……等等，却沒有選佛洛斯特。可見一般文學史家，不認爲佛氏與意象派有任何關係。

事實上佛洛斯特在出版《兩山之間》後，便寫了許多類似意象派的小詩，行數多半在四行至八行之間，充滿了東方風味。例如在他第四本詩集《新罕母雪爾》的四十四首詩中，就有六首小詩，佔全書的七分之一。五年後，他出版《西流之溪》（West-Running Brook），四十二首詩中，有十一首是小詩，佔四分之一。可見，佛氏對意象派運動，還是有所關注與吸收的。

一九一四年前後的五六年間，倫敦詩人對中國詩及日本的俳句相當熱衷，龐德與習日文的學者麥納（Earl Miner）等人，更是熱心

與介紹翻譯中、日詩歌。我們細讀當時的英譯俳句，便可發現其中
有一首與佛氏的「雪花」，十分相似。

> 一隻烏鴉棲於
> 一條禿禿的枯枝上——
> 秋之暮。
> A crow is perched
> Upon a leafless withered bough——
> The autumn dusk.

句中的枯枝暗示秋天，暮色與烏鴉皆爲黑色：黑鴉棲於枯枝之上，
正好與暮色臨秋有異曲同工之妙，可謂以物觀物，不落言詮。俳句
的好處，多半在此，一氣呵成，又一分爲二，且又似二而一，相輔
相成，令人回味無窮。

　　佛氏的「雪花」得俳句之法而變之。「雪花」全詩爲一句，然
一分爲二，一說毒芹樹上的烏鴉，一說毒芹樹下之人物。詩分兩
段，分別處理：第一段烏鴉抖雪，第二段人心轉變，如禪家棒喝，
頓然開悟。第一段爲外，第二段爲內，外動內轉，一呼一應，中國
詩所謂「情景交融」，正是此意。

　　在此，我無意證明佛氏受過俳句的影響。但把俳句與佛詩對
照，却能使我們更進一步的了解欣賞其詩之佳處。至於是否受到影
響云云，已不重要了。

　　「雪花」一詩，雖然短小，但深得批評家的喜愛，許多詩選都
將之選入。中文方面也有林以亮與顏元叔的翻譯。林譯見「美國詩
選」（香港·新安出版社，民國五十七年，一七五頁）：

雪塵　　　林以亮譯

一隻烏鴉怎麼樣
把一片片雪塵
從一棵毒芹樹上
煽遍我全身

帶給我的心田
情緒上的變化
使我覺得這一天
沒有完全糟蹋。

雪花　　　顏元叔譯

一隻烏鴉那樣的
搖落在我身上
一陣雪花（雪的灰燼）
從一座姆樹

已經給我內心
一陣情緒的轉變
部份的拯救了
我曾悲哀的時日。

dust 可做「灰塵」解，亦可做「金粉」、「花粉」解，在此是指鴉背上的殘雪，細碎如粉，當譯成「雪粉」。然中文裏，既沒有「雪粉」，也沒有「雪塵」，只好譯成一般慣用的「殘雪」或「雪花」。如果一定要用「雪塵」，則不宜用「一片片」來形容。hemlock 中文名稱爲「鐵杉」，然照直翻譯，其「毒藥」之聯想

便沒有了，故從林氏譯為「毒芹樹」。I had rued（some part of a day）意為「我對這一天當中的某些時刻感到抱憾，後悔或悲傷」。全句暗示，這一天當中，有些不如意的事發生，使主述者心生悔意，要不是烏鴉抖雪，使他心情為之一轉，那這一天就完全報銷了；所幸，有此一轉，把讓他好生後悔的那些時光，給「拯救」了過來。如此這般，一天才沒有虛擲。此處極難翻譯，我綜合了兩家的譯文，採「反面譯法」，把現在完成式「has saved」譯成了「不再…虛度」把 some part 譯成了「大半天」。當然，若譯成「還好沒完全把這天給糟蹋了」也是不錯的。

這首詩中的時式有三種，一是 shook（過去式），我用「剛才」表示；二是 has given 及 has saved（現在完成式），我用「已」及「不再…虛度」來表示；三是 had rued（過去完成式），我用「老是」來表示。英文原句一氣呵成，故中文翻譯時，我把「從毒芹樹上」移到句首，使之連成一氣，成為順暢的中文句子。在英詩翻譯中，動詞的時式影響意義甚大，翻譯時不可不深加注意。

好詩耐得百回讀，而平中見奇的詩，更需要細心而深入的品嘗，方能得其滋味。中國及日本詩人，多精於鍊字鍊句，內容以濃深醇厚見長，而呈現出來的外表，則以平淡天真為宗。東坡稱淵明詩「質而實綺，癯而實腴」，僅此一言，便奠定陶潛為大詩人之地位。可見上述準則，確為中國詩的重要觀念之一。

平中見奇的詩，十分難寫，一弄不好，就成了平中見平，平庸不堪，還不如奇中求奇來得可觀。近年來鄉土式的詩大大流行，大家紛紛追求平淡，力求質樸，這原是好事。不過，平淡的背後，如無深厚的底子，那就會流於空泛虛乏了。佛氏此詩，可說是達到了「質而實綺」的境地，在美國當代詩中，是不可多得的，值得大家細品。

蒼白無助的一羣

都市人與草原鼠(Dolor and The Meadow Mouse)

羅斯基(Theodore Roethke)一九〇八年生於美國密西根州的賽基諾城(Saginaw)。父親(Florist Roethke)以經營花店維生。羅斯基和父親的感情一直非常親密,他整個童年都是在父親的花房之中渡過的。①

羅斯基畢業於密西根大學,先後得了學士學位(一九二九)和碩士學位(一九三六)。大學畢業後便立刻開始了他在學院及大學的教書生涯,且試着從事寫詩。從一九四七年始,一直到他去世,他都是華盛頓大學(西雅圖)英文系的中堅教師②。暇時,他亦喜歡旅行演講,足跡遍及全美各大學。一九五五年,他曾任意大利的Fulbright 講座。

羅斯基寫詩,一開始就相當獨特。他在作品裏,創造了一個屬於個人的,全然主觀的世界。尤其是詩中人物對於所接觸到事物的反應,往往十分怪異,狂放,而且往往以非常強烈的方式,表現了出來。極富實驗精神的羅斯基,喜歡嘗試各種各樣的詩體;從打油詩到童話詩③,到抒情詩,到異想詩,他都是能手。在詩中,他反映出一個變化多端的心理世界,其中有極端的不幸,也有無拘無束的歡樂,更有精采絕倫的機智與幽默。

在他初期的詩作裏,植物性意象(vegetable image)的發展,佔了十分重要的位置,成爲他早期作品中的特色。其中以《開放之屋》(Open House)④這本詩集爲其早期風格的代表。這本詩集是他童年經驗的結晶,正如前面所提到的,在他童年時期,影響他

最深的，就是他父親種花的暖房。此外，愛默森、梭羅、惠特曼等人，所擁有的那種「自然神秘主義」式的感受與激動，對他的作品，也有很深的影響。

在出了幾本詩集以後，羅斯基漸漸走向更成熟的道路，實驗的範圍亦漸漸寬廣，他開始寫各式各樣的題材。在他那些有趣的詩作中，他以尖銳的想像力，洞察心靈及潛意識的各種活動，研究大人和小孩各式各樣的經驗及感受。美國現代詩人兼批評家史丹利·庫內茲（Stanley Kunitz），對他這些新的發展，曾下過一句中肯的評論，他說：「羅斯基所帶給我們的是一種新型的原始（primordia）訊息：那是屬於根莖，屬於動物，屬於『最初』的訊息。『半人』（sub-human）在他的詩中獲得了發言權，道出了生存的苦難，以及其中所孕含的痛苦和奇蹟。」羅斯基把生活中受屈辱、受褻瀆人們的感受，以抒情的手法，緩緩唱出，唱成優美的詩歌，因此，他詩中所呈現的音樂性，是非常濃厚而又可感的。他的旋律音韻皆很豐富，且能夠在變化當中，把新舊詩體的音樂，做適當的溶合。尤其是在自由而又有伸縮性的運用「傳統韻律」及「形式」方面，他有傑出的表現。

羅斯基曾以詩集《醒來》（Waking, 1953）得到普利茲詩獎，並被廸倫·湯默士譽為當代年輕詩人之中最傑出的。一九五九年，他的詩集《寫給風的話》（Words For Wind）一出，聲譽更高，並獲得了「布利根獎」（Bollingen Prize）⑤。他的晚年的詩，像葉慈一樣，有愈寫愈精，愈寫愈好的趨勢。一直到死前，他的作品不但沒有絲毫的減色，反而顯出他經驗的全然開放，及持續不斷增強的撼人力量。羅斯基於一九六三年，因心臟病突發而暴卒於華盛頓州立大學。《遠方》（The Far Land）是他最後一本詩集，其中所蒐集的詩，全是他死後才發現的作品。

他的著作，除了上述幾本外，尚有詩集《最後的兒子及其他》（The Last Son and Other Poems, 1948）、《讚美結束》（Praise to

The End, 1951)、《醒來：詩選集》(The Waking: Poems 1933-1953)；童話詩集《是我！小羊說》(I Am! Says The Lamb, 1961)；論文演講集《論詩人及詩藝》(On The Poet and His Craft: Selected prose)；另有《書信選集》(Selected Letters 1908-1963)。一九六六年，也就是他死後三年，紐約的雙日出版社，發行了他的全集(The Collected Poems of Theodore Roethke)。

註：

①一説花房是他父親與他叔叔共同經營的。

②一説羅氏亦曾進過哈佛大學，且在十八歲時，曾任國家政治計畫的抄寫員，後又在一家醃菜工廠裡幹了好幾季，最後才轉入教育界的。在教育界的那段時間，他分別在拉佛帝、賓州，與畢寧頓教英文，非常受學生的歡迎，他的太太就是他的學生之一。

③他為兒童寫過很多短篇故事及諷刺小品，都是以溫特色蒂·瑞斯伯格(Winterest Rethberg)為筆名發表的。

④這是他第一本詩集，三十三歲才出版。

⑤除此而外，他又得過兩次「全國書獎」，一次「雪萊獎」和「泰伸獎」(Tietjens Prize)。而特別值得重視的是他曾得過「詩刊」(POETRY magazine)的「利文生獎」(Levinson)。

哀愁

我了解鉛筆們那無可奈何的哀傷

整齊清潔，在鉛筆盒裏，屬於墊紙和鎮紙的哀傷

屬於呂宋檔案夾和膠水所有的悲愁

孤寂的在一塵不染的公共場所，

單調的會客室，盥洗室，電話總機室

水盆與水罐不變的憂悽

紙夾、標點，複印機的儀式——
無休無止的複製生命與物件。
我看到灰塵自各種事業機構的牆上落下
比粉末還細，活生生的，比矽土還危險
篩篩撒撒，幾乎沒法看見的，經過漫長沉悶的下午，落在指
甲與細細的眉毛之上，形成一層細細的薄膜
覆罩在灰白的頭髮上，複製一些蒼白標準的臉色

DOLOR

I have known the inexorable sadness of pencils,
Neat in their boxes, dolor of pad and paper-weight,
All the misery of manilla folders and mucilage,
Desolation in immaculate public places,
Lonely reception room, lavatory, switchboard,
The unalterable pathos of basin and pitcher,
Ritual of multigraph, papers-clip, comma,
Endless duplication of lives and objects.
And I have seen dust from the walls of institutions,
Finer than flour, alive, more dangerous than silica,
Sift, almost invisible, through long afternoons of tedium,
Dropping a fine film on nails and delicate eyebrows,
Glazing the pale hair, the duplicate grey standard faces.

「哀愁」一詩的主旨，是在探討都市生活的苦悶與機械化工作的單
調。詩人選擇辦公室裏的文具來象徵辦公室內的人物或人物的心
情。鉛筆們，每天都"打扮"整齊，清潔的躺在鉛筆盒裏，隨時準備
為別人服務。辦公室的職員，也像鉛筆一樣，每天"打扮"自己在

「鉛筆盒」似的辦公室內，隨時待命出發。而有些職員的工作，只等於墊紙或鎮紙，是十分被動而靜態的；有些則較積極，如公關人員，是屬於比較動態的膠水及檔案夾。Mmanilla folders 是指檔案夾或紙袋，通常是用呂宋紙所製。Mucilage 則是指「植物質的膠水」。

　　這些文具，是屬於公共場所的，絲毫沒有隱私權，在會客室、盥洗室及電話總機室中所發生的事情，永遠是機械的，差不多的，毫無新意的；有如水盆與水罐一般，永遠重複做同樣的事情。例如複印機器、紙夾、標點符號，永遠在複製大同小異的工作，複製相同的活動（Lives），製造相同的物件（Objects）。lives 可以指「生命」，也可指與生命有關的種種活動。Objects，則指生產出來的作品或"對象物"，而這些產品都是一成不變的。

　　接下來，詩人用牆上剝落下來的"細細灰塵"，來象徵時間的飛逝及死亡的來臨。那些灰塵，非常細緻（finer），比麵粉（flour）還要細，比矽土（silica）還要危險。sift 是「篩分，過濾」的意思，tedium 是「厭倦、沉悶、簡單」的意思。這些灰塵之所以危險，是因爲，它們會把所有的人，都打扮成一個模樣，好像把所有的東西都罩上一層薄膜一般，再也顯不出個別的特色了。fine film 是指「細微的薄膜」。Glazing 也是指在東西上「塗一層東西」，或是加上其他「塗料」。pale 是「蒼白」的意思，grey 也是「蒼白」或「慘白」的意思。

　　此詩寫都市上班族生活的枯燥與乏味，比喻恰當入木三分，語調沉穩，氣氛冷清，是一首不可多得的佳作。

草原之鼠

一

草原上，在一個塞入破尼龍長襪的鞋盒裏
我發現臥著一隻初生的小老鼠，
在一截枯枝下戰慄
一直到我抓住他的尾巴，提進屋來
放在手中搖搖，他才安靜了下來。
不過，只要輕輕一盞，他又立刻全身顫慄起來
怪好玩的長鬚根根外挺，像一隻卡通老鼠
四腳則如小小的葉片，
小小蜥蜴般的爪子，
當牠企圖掙扎逃跑時，腳爪外張略顯灰白
蠕動如一小巧玲瓏的迷你狗。

現在他吃下三種不同的乳酪，喝了瓶蓋水槽裏的水——
然後整個往角落裏一躺
尾巴在身子下打了個圈，肚子漲得大大
大得像他的頭；蝙蝠似的耳朵
聽到一點聲音，便抽動轉側不停。

當我走近他的時候
我真以為他不再顫抖了嗎？
看樣子，他好像不再顫抖。

二

可是今天早上，在後廊下的「鞋盒房子」空了，
我的草原老鼠，跑到哪兒去了呢？

那在我掌心又聞又擦的指拇仙童呢？——

在鷹翅的籠罩之下，東奔西跑，

榆樹上則有大貓頭鷹在監視，

回到白舌鳥，花斑蛇，墓地鼠的恩准之下去討生。

我想着那落入深深荒草的雛鼠

想着那在高速公路碎石堆裏喘氣的烏龜，

麻痺病人在浴盆中昏厥，盆水漸漸漲滿——

我想着所有純潔無知，不幸的，被棄的東西。

THE MEADOW MOUSE

I

In a shoe box stuffed in an old nylon stocking

Sleeps the baby mouse I found in the meadow,

Where he trembled and shook beneath a stick

Till I caught him up by the tail and brought him in,

Cradled in my hand,

A little quaker, the whole body of him trembling,

His absurd whiskers sticking out like a cartoon-mouse,

His feet like small leaves,

Litte lizard-feet,

Whitish and spread wide when he tried to struggle away,

Wriggling like a miniscule puppy.

Now he's eaten his three kinds of cheese and drunk from

his bottle-cap watering -trough——

So much he just lies in one corner,

His tail curled under him, his belly big

As his head; his bat-like ears

Twitching, tilting toward the least sound.

Do I imagine he no longer trembles

When I come close to him?

He seems no longer to tremble.

II

But this morning the shoe-box house on the back porch is empty.

Where has he gone, my meadow mouse,

My thumb of a child that nuzzled in my palm?—

To run under the hawk's wing,

Under the eye of the great owl watching from the elm-tree,

To live by courtesy of the shrike, the snake, the tom-cat.

I think of the nestling fallen into the deep grass,

The turtle gasping in the dusty rubble of the highway,

The paralytic stunned in the tub, and the water rising, —

All things innocent, hapless, forsaken.

　　此詩主旨在寫自然或人類社會中的"弱者"在物競天擇的環境中，往往無力保護自己，成為強者爪下的犧牲品。詩人從一隻草原上的小老鼠，聯想到人間許多不幸的生命，如純潔無知的(innocent)嬰兒，不幸的(hapless)殘障者，慘遭遺棄的(forsaken)老弱婦孺等等。

　　全詩分為兩部分；第一部份敍述主述者如何在草原(meadow)上的鞋盒裏發現一隻初生的小老鼠；在一截枯枝(stick)之下，不斷的戰慄發抖(trembled and shook)，惹人愛憐。於是主述者把他帶進屋裏(brought him in)，以手為搖籃，搖着他(cradled)，安撫

他，使之安靜了下來。不過，只要一陣輕盪（quaker），他便立刻又全身戰抖了起來。他的爪子張開，像分叉的葉片，又像蜥蜴（lizard）一般。在主述者的手中，他蠕動（wriggling）如一隻迷你狗（miniscule puppy）。

主述者以三種不同的乳酪（cheese）餵他，同時用瓶蓋裝水（bottle-cap）做為小老鼠的水槽（water-trough）。he's eaten... and drunk 都是現在完成式，故譯成"吃下"、"喝了"表示事件已經完成。twitching 是「抽筋」的意思，tilting 是「傾側」的意思。the least sound 則是指「最微細的聲音」。

最後主述者自省的問，小老鼠得到了自己的照顧，是不是就眞的安心不再害怕了？還是這只不過是人類自己一廂情願的想法？在此，主述者暗示，在我們以保護者自居時，被保護的，是否眞的也"安心"了呢？保護者會不會給被保護者一種看不見的"威脅"呢？弱者對強者是不是永遠都懷着一種恐懼感？即使是對善意的強者，也不例外？

在第二部份中，主述者發現小老鼠不見了。如指拇般大的小老鼠，像小孩一樣，在他掌中用鼻子又聞又擦（nuzzled）的小老鼠，跑走了。跑到老鷹的翅膀下，跑到貓頭鷹的鐵爪下，去討生活了。他如僥倖不死的話，是因為白舌鳥，花斑蛇，墓地鼠看他可憐，放他一馬，不吃他，讓他自生自滅。by courtesy 是「禮貌上、情面上」的意思，有「恩准、網開一面」的含義。

主述者心中想着那隻雛鼠（nestling），在荒煙蔓草中，獨立求生，再聯想到混在公路碎石堆（rubble）中爬行喘氣（gasping）的烏龜；他深深感覺到，這些都是世上求生不易的一羣。然後，他又從動物聯想到人，想到社會上有病痛的人，也跟這些無助的動物差不多，自己本身的力量薄弱，但又非靠自己獨立求生不可。萬一出了一點差錯，就萬劫不復了：如痲痺病人在浴缸中不小心跌倒了，就有淹死的危險。最後，主述者又對所有純潔無知，不幸被棄，以及

無力保護自己的事物，發出了深切的同情及慨嘆！大有老子"天地不仁，以萬物爲芻狗"的想法。

穿着自己醒來

在開放之屋中醒覺（Open House and The Waking）

開放之屋

我的秘密大聲喊叫。

我不需要舌頭。

我的心永遠是一幢開放的房屋，

我的門，左右大開。

一部用眼睛看的史詩

我的愛，沒有偽裝。

我的真像，大家早已預知。

其中的苦痛自動顯現。

我赤裸至骨，

赤裸是我的盾牌。

我穿的是我自己：

我讓精神永遠寬廣。

猛志永不衰竭，

實事述說事實

以純淨而明確的語言。

我制止說謊的嘴：
憤怒曲扭了我清脆的喊聲
達到無智無慧的大悲境地。

OPEN HOUSE

My secrets cry aloud.

I have no need for tongue.

My heart keeps open house,

My doors are widely swung.

An epic of the eyes

My love, with no disguise.

My truths are all foreknown,

This anguish self-revealed.

I'm naked to the bone,

With nakedness my shield.

Myself is what I wear:

I keep the spirit spare.

The anger will endure,

The deed will speak the truth

In language strict and pure.

I stop the lying mouth:

Rage warps my clearest cry

To witless agony.

此詩描寫現代人痛苦的心靈，如何赤裸裸的，在大眾面前，展

現暴露。對詩中的主述者來說，他整個人就好像是一座「開放之屋」，任人參觀、探索。Open House 也可指西方一種風俗，那就是屋主選擇一個適當的日期，把自己家裏整理妥當，開放給所有的鄰居來參觀、聊天、聚會、聯誼。通常屋主會寄發請帖，並在家門口掛出 Open House 的招牌，歡迎大家過來走動走動。此外學生宿舍，兄弟會宿舍，或一般學生之家，也可以舉辦類似 Open House 的活動。

　　在此，詩人以 Open House 爲象徵，一方面廣義的公開表達現代人的痛苦，一方面狹義表達詩人創作的艱辛歷程。對某些自傳性的作家而言，寫作就是把心中的「秘密」合盤托出。因爲作者認爲即使不用文字寫出來，自己的秘密，也會顯露在臉上，或從行爲舉止中洩露出來。每一個人的心是一幢開放的房屋，任何人都可以輕易窺見裏面的秘密。史詩（Epic）是希臘遊吟詩人如荷馬所吟唱的故事詩，以口傳爲主。而此處，主述者認爲自己的內心是一部——不必用耳朵聽而是用眼睛看的「史詩」。他的心中，愛恨分明，旁人一看即知。my truths，此地是指「我的眞像」，也可以說是「我的道理」，大家只要注意看，便一定可以預見或預知（fore-known）「我」的種種。因爲「我」是如此不擅於隱瞞或僞裝的（disguise）。而「我」的痛苦，亦復如此，一旦發生，便自動顯示出來（self-revealed）。坦白赤裸（nakedness）就是「我」的盾牌（shield）。「我」不用其他的東西保護掩蔽自己，因爲，自衛的最佳方法，就是坦白交心，毫不隱瞞。「我」不假外求，不用借來買來的東西裝飾我自己。「我」以本色見人，穿著自己的本色，行走天下，（Myself is what I wear），並永遠保持精神上的廣寬自得，豐滿富足（spare）。

　　但是，「我」也讓心中的一股怒氣或猛志（anger）永不衰竭，源源不斷（endure）。這裏的 anger，與陶淵明「讀山海經」詩組中所說的：「刑天舞干戚，猛志故常在」，意思十分相近。多說不如

多做，實實在在做出來的事情（deed），就是訴說眞理或事實（truth）的最佳語言，明確而純淨，一針見血，毫不囉嗦。「我」最討厭說謊，爲了揭發謊言，「我」常常悲憤莫名，失去了智慧機巧，原本清脆的喊聲都曲扭顫抖了。表現出一種屈原式的狂歌行吟，大有佯狂警世之意。

此詩寫詩人坦白開放，嫉惡如仇，豪放大胆，儘情傾吐胸中塊壘，一點都不吞吞吐吐欲語還休。老一輩現代詩人如艾略特或龐德，在寫詩時，總是多方含蓄，輾轉引用典故，撒下漫天迷霧，曲折的表達自己的情思。羅斯基一反流行，直接的把心中所想，全部赤裸裸的說了出來，自有一種痛快淋漓的感覺與效果。

此詩不但是一首自畫像，同時也是羅斯基詩學理論的闡釋，值得讀者注意體會。

醒覺

我醒着睡，而且要慢慢醒來。
我感知我的命運，而且能夠不憂不懼。
我在行走中學會該往哪兒行走。

我們用感覺思想。要那麼多知識做什麼？
我聽到我的「存在」在雙耳之間起舞。
我醒着睡，而且要慢慢醒來。

那些離我如此之近的，哪一個是你？
上帝保祐大地！我應輕柔的行走其上，
並且在行走中學着該在哪兒行走。

光掌握着樹；但誰又能告訴我們是怎麼掌握的？

卑微的小蟲爬上曲折的臺階；
我醒着睡，而且要慢慢醒來。

大自然有其他的事要做
對你對我；因此呼吸點新鮮空氣吧，
快快樂樂，在行走中學會該往哪兒行走。

如此這般的震盪使我穩定，我應該知道。
那些失落遠去的是「永遠」失落了。而且就在我們身邊。
我醒着睡，而且要慢慢醒來。
我在行走中學會我該往哪兒行走。

THE WAKING

I wake to sleep, and take my waking slow.
I feel my fate in what I cannot fear.
I learn by going where I have to go.

We think by feeling . What is there to know?
I hear my being dance from ear to ear
I wake to sleep, and take my waking slow.

Of those so close beside me, which are you?
God bless the Ground! I shall walk softly there,
And learn by going where I have to go.

Light takes the Tree; but who can tell us how?
The lowly worm climbs up a winding stair;

I wake to sleep, and take my waking slow.

Great Nature has another thing to do
To you and me; so take the lively air,
And, lovely, learn by going where to go.

This shaking keeps me steady. I should know.
What falls away is always. And is near.
I wake to sleep, and take my waking slow.
I learn by going where I have to go.

「醒覺」這首詩的主旨，是在表現對生命本質的體悟，主張人應該能夠勇於面對時間的流逝，並不斷的向前，探索新的可能。全篇充滿了宗教式的開悟經驗。

I wake to sleep，是說我們應該以清醒的頭腦，編織夢想或理想；而且還要進一步，把理想(sleep)慢慢的來實現(waking)，所謂"慢慢醒來"，便是此意。理想成眞，也就是夢醒成眞。主述者以感覺來測知自己的命運。他知道他要做什麼，生命的目標早已訂定。旣然他已活在他自己設定好的命運(fate)之中，那還有什麼好怕的呢。他已能夠從實際的工作中，不憂不懼的找到自己未來工作的方向。

主述者以感覺代替思想，並努力用自己最眞誠的感受力去探知一切。認爲用理智所求得的知識，只是一堆死資料，沒有什麼用的。他看到自己的"存在"(being)從自己的肉體中自由解放了，並能無拘無束的，在主管聽覺的雙耳之間，舞蹈跳躍。

主述者感覺到他與天地萬物是如此的親近，如果眞有上帝寓於萬物之中，那什麼是上帝的化身呢？如果上帝眞的化身存於自然萬物之間，那自然界面積最大的大地，就是最能象徵並顯現上帝之道

的。主述者不斷的體認到，人只有在實踐中，方能悟出自己的命運，自己的道路。而路却是寬廣的，因為大地便是上帝之道。

　　樹因光的指引，而向上生長茁壯；卑微的小蟲，有了台階的指引，便不斷向上爬去；人如有了目標，就一定便能走在自己的命運之中，瞭解命運的內容，而毫無所懼。令人想到陶淵明「神釋」詩中的句子：「縱浪大化中，不喜亦不懼」。

　　大自然對我們，有許多事要做。而我們的首要任務，則是好好呼吸生長茁壯，並在生長中學習如何向前邁進。

　　大自然有時要考驗我們，給我們以「震盪」（shaking）。但「震盪」過後，我們將活得更安穩。在「震盪」中，原本不穩的東西，一定會紛紛散落消失的。那就聽其自然好了，反正過去的總要過去，表面的雜碎，總是會消失脫落的。因為，愈是我們身邊最親近的東西，反而愈是容易消失不見。只要我們把握生命的本質，不斷的在摸索中探路，終將能夠一步步的，把自己的夢想實現。

親情之中聞天籟

爸爸與歌（My Papa's Waltz and The Song）

我爸爸的華爾滋

你呼吸裏的威士忌酒氣
可以把一個小男孩醺醉；
而我死命的摟着你：
跳這樣的華爾滋可眞不容易。

我們嬉戲玩耍，鬧得盤子鍋碗
全都從廚房架子上掉了下來；
媽媽不得不板起面孔
皺起眉頭。

握着我手腕的手掌
指關節磨得都變了形狀
你每踪錯一個步子
我右耳就刮一下皮帶扣子。

你以一雙在泥裏弄粗的手掌
在我頭上打着拍子。

華爾滋華爾滋，把我滑上了床
睡着了還抓着你的衣衫不知放。

MY PAPA'S WALTZ

The whiskey on your breath
Could make a small boy dizzy;
But I hung on like death：
Such waltzing was not easy.

We romped until the pans
Slid from the kitchen shelf;
My mother's countenance
Could not unfrown itself.

The hand that held my wrist
Was battered on one knuckle;
At every step you missed
My right ear scraped a buckle.

You beat time on my head
With a palm caked hard by dirt,
Then waltzed me off to bed
Still clinging to your shirt.

這是一首描寫父子關係的詩。英美詩歌在一九六○年代，受艾略特及新批評的影響，主張寫作是自我情緒的「放逐」，詩人應該儘量以客觀的筆法，或「客觀相關物」(Objective Correlative)來

表達自己心中的意念及情思。因此，大家紛紛以客觀外在的意象入詩，同時還旁徵博引，出入於文化史之間，大掉書袋。羅斯基有鑒於此，一反時調，力求以個人化的經驗入詩，使詩中的人情味增加，理性智性的思考減少。此詩正是他這方面的代表作。在舉世滔滔皆以佛洛伊德的「戀母情結」理論來創作文學作品或討論文學作品時，羅氏一轉筆鋒，處理起父子關係來，而且還是一種父子拍檔式的融洽關係；其不同流俗之處，自不待言。

在此詩中，父親與兒子是感情奔放的象徵，充滿了男人世界的粗獷與豪爽。爸爸喝足了威士忌酒，抱起兒子就大跳其華爾滋舞。照理說他應該找媽媽跳才對。而然媽媽在詩中所扮演的角色，是守規距不亂來的家庭主婦，是理性而實際的象徵。她看到父子二人「嬉戲玩耍，鬧得盤子鍋碗／全都從廚房架子上掉了下來」，便「不得不板起面孔／皺起眉頭」，以一種非常含蓄的方式，向男人們的「胡鬧」抗議。

而這個做爸爸的，顯然不是跳舞高手，他醉醺醺的，經常踩錯步子，一方面握着兒子的手跳舞，一方面不斷用大大的手掌，在那裏打拍子。他的手，泥黑乾裂，指關節處都因為工作關係磨變了形。You beat time on my head，一語雙關，一方面是指打拍子算舞步的時間，一方面是指在兒子的頭上打着時間的拍子，呵護兒子長大。兒子則感覺到爸爸在泥裏弄粗的大手，在沙石的折磨下，皮膚龜裂成一塊一塊，好像乾裂的大地。caked 是指軟的東西慢慢變硬了，成為塊狀。在此，爸爸的形象通過了他那雙泥土似的雙手，與大地合而為一，並在其中做了父兼母職的暗示。因為大地通常是母親的象徵，而在此卻被父親所取代了。

最後一段，詩人表現出他與父親關係的密切，連「睡着了」之後，還死命抓着爸爸的衣衫，怎麼也不放。由此可見父子二人的感情是多麼的深厚了。

這種寫親情、溫情的詩，在六十年代英美詩歌中，是不常見

的，即使是偶有機會發表，也多半無法得到應有的重視。羅斯基開
風氣之先，處理一些家庭式的身邊瑣事，當代英詩題材的拓展上，
算得上是相當有貢獻的。

歌

一

我遇到一個衣衫襤褸的人；
當我想和他面面相對時
他竟視而不見。
我又沒把你怎樣？
我大叫道，回頭就走。
在街角踢起了一些灰塵，
而所有的牆都寬廣的延伸了出去。

二

我順路往下跑，
在一個滿是荒涼石頭與雜亂穀堆的
鄉下地方
停下來，喘喘氣，我躺了下來
在羊齒草和虎耳草之間
在一片陰濕的田地邊緣。
我凝視着地上一條裂縫
縫旁有碎泥堆環繞：
蟹子的老窩；
呆呆看着，我開始唱了起來。

三

不管那潮濕的洞裏有什麼玩意

我仍要對他唱唱：

我以我低沉的唱腔求愛；

你可以說我是瘋了。

在我的髮中，一陣風醒來，

而汗水則從臉上落下如雨，

當我聽到，或者，以爲我聽到

有另一種歌聲加入我的歌聲之中

以一種孩子似的細細音調，

乍聽很近，實則非常遙遠。

口口相合，我們唱着，

我的雙唇，壓在石頭上。

THE SONG

I

I met a ragged man;

He looked beyond me when

I tried to meet his eyes.

What have I done to you?

I cried, and backed away.

Dust in a corner stirred,

And the walls stretched wide.

II

I went running down a road,

In a country of bleak stone,

And shocks of ragged corn;

When I stayed for breath, I lay
With the saxifrage fern
At the edge of a raw field.
I stared at a fissure of ground
Ringed round with crumbled clay:
The old house of a crab;
Stared, and began to sing.

III

I sang to whatever had been
Down in that watery hole:
I wooed with a low tune:
You could say I was mad.
And a wind woke in my hair,
And the sweat poured from my face,
When I heard, or thought I heard,
Another join my song
With the small voice of a child,
Close; and yet far away.

Mouth upon mouth, we sang,
My lips pressed upon stone.

"歌"這首詩,所處理的是都市人對自然的嚮往及熱愛。第一節,詩中的主述者在都市中,遇到一個衣衫襤褸的流浪漢(ragged man),他想與他眼對眼的(誠實的)溝通。無奈對方視而不見,根本不理會他。他只好氣得大叫,回頭就走。而人與人之間的各種圍牆(walls)——注意,此地牆用的是複數——便「都寬廣的延伸了出去。」大家都因在自己的牆內,不得相互溝通瞭解。

　　第二節，詩中的主述者，順着一條路（road）——不見街道——跑到了鄉下，那裏滿是「荒涼的石頭」與「雜亂的穀堆」。bleak 有「淒涼、荒涼、暗淡」之意。鄉間石頭多爲灰白色，如果其上綠樹太少，則看起來就更顯得荒涼淒淸。corn 是指穀物，通常包括小麥（wheat），大麥（barley），燕麥（oats），裸麥（rye），玉蜀黍（maize）等，號稱五穀。在美國 corn 通常是指玉蜀黍，也就是玉米。corn bread 一定是指玉蜀黍粉所製的麵包。corn starch 是指「玉米粉」或「太白粉」。ragged 本做「襤褸」解釋，但亦可做「雜亂參差不齊」解。ragged corn 是指一綑綑一堆堆（shock）的玉蜀黍，雜亂參差不齊的放在地上。stayed for breath 是「停下來喘口氣」的意思。raw 本意是「生的、未煮過的」。但也可以指天氣的「潮濕寒冷」。如 a raw morning，一個「陰冷的早晨」，或 raw winds「陰寒的風」，此處 raw field 是指「陰冷潮濕的田野」。fissure 是指泥地上的裂縫。田地邊緣靠溪水的地方，泥土洞裏，常有蟹子在向外面吐沙，吐成一個圓圈。crumbled 是細碎的意思，通常用來指麵包屑。

　　鄉下雖然荒涼，但却能夠生產穀物。羊齒草與虎耳草，都能與人親近，伴人休息。在田地的邊邊，人工不到的地方，住着自然之子：蟹子。他才是鄉下眞正的主人，住的是 old house，在地洞裏。主述者在洞旁看着看着，居然便對着洞口，唱起了歌來。他在城市中，希望與人對話，結果失敗。來到鄉下，看到蟹子，便想試著用歌聲與之對話。

　　第三節，他下定決心要以歌聲與自然界對話，不管洞中住的是何種動物。wooed 是指男女間求愛求婚時，所說的話。此地則暗示主述者，以歌聲向大自然示愛。這在旁人的眼中，當然是有點瘋狂了。a wind woke in my hair，是指頭髮無風自動。這是暗示主述者遇到了令他振奮的事情，好像頭髮裏，忽然醒來或吹起了一陣風一樣，十分興奮。他大聲的唱着，汗水不斷的從臉上往下落。因

爲他聽到了另一種歌聲，加入了他的吟唱，似近實遠，有如小孩般細細的音調，宛如「天籟」。

於是主述者便眞的把嘴唇壓在石頭上，與大自然一起合唱了起來。一種天人合一的境界，於是出現。全詩主旨在說明，城市中的現代人，彼此無法溝通，大家都躲在各自的牆內，孤芳自賞。其實每一個城市人，都像衣衫襤褸的流浪漢一般，沒有什麼好神氣的。城市人之間的對話，既然不可能，那只好到鄉下去與大自然對話了。自然界的動物、植物、礦物，都是大自然的代表。他可以對一隻蟹子唱歌，也可以對一塊石頭唱歌，而蟹子石頭也發出「天籟」與之回應，形成了一幅天人合唱的圖畫。

以地理科學入詩

海灣（生日感言）(The Bight: On My Birthday)

畢霞璞（Elizabeth Bishop 1911—1979）是近幾十年來，美國女詩人當中最傑出的一位。她是麻州人，自幼命運坎坷多乖，生下來才八個月，父親便因故逝世了。五歲時，母親又發了精神病，入院療養，一去不返。從此母女永別，沒再見面。親戚們看她可憐，便聯合起來收養了她。其中，以她姑母照顧她最久，相處得最爲融洽。她的名詩「候診室」(In the Waiting Room)，便是寫小時候她陪姑母去看牙齒的經驗。

她十六歲就開始嘗試寫詩，上大學後寫得更勤。1934 年，畢霞璞二十三歲，自維沙學院畢業(Vassar College)，決定終生以寫作爲業。她本來有志學醫，但在大學時，結識美國女詩人瑪利安‧摩爾(Marianne Moore 1887—1972)，深受其詩風及其卓然不羣的詩人生活影響，毅然投身於新詩的創作，努力不懈。她先後在紐約及佛羅里達住過一段時間，專心筆耕，並投稿發表。十多年後，也就是 1946 年，她出版了第一本詩集《南北》(North & South)，內容多半講她在新英格蘭的童年經驗，還有佛羅里達的熱帶經驗，充滿了對地理的精密描寫，風格清新，筆法獨特，立刻受到了批評界的肯定。九年後，她出版第二本詩集《詩》(Poems 1955)，聲譽日隆，終於在次年得到普立茲獎(Pulitzer Prize)，確定了她在美國詩壇的地位。1958 年，她更榮膺「美國文學家協會」(American Letters)的榮譽顧問。

第二本詩集出版時，她得到一筆旅行研究獎金，到巴西去訪

遊。不料一遊之下，她立刻被當地的風土民情迷住了，決定在佩出
伯里斯（Petropolis）留下來定居，一住一十六年。1970 年她應哈佛
大學之聘，返回美國，定居波士頓，教學寫作，安渡晚年，一直到
1977 年，方才退休。

畢氏平生酷愛旅行，詩作也多半與地理風土有關。1965 年，
她出版第三本詩集《旅行問題》（Question of Travel），便透露出她
對植物學、地理學及人類學有非常廣泛深刻的知識。尤其是她到了
巴西之後，更把旅行看成一種自我放逐的方式，戲稱謂「旅行放
逐」（traveler-exile），其目的在不斷的對「新的世界」做深入的探
索。到後來，似乎整個地球都成了她的家鄉，成了她寫作的對象。
1965 年以後，她所出版的詩集，全部都以《地理》（Geography）為
名，至 1976 年，已出版至第三冊，成為詩史上，第一個以整個地
球的地理為題材來寫詩的詩人。

畢霞璞在探索自己的詩風時，對英國自然學家及動物學家達爾
文（Charles Darwin 1809—1882）發生了深刻的興趣。她研讀達氏
所有的著作，並將之消化成一種寫詩的方法，發人所未發，真是十
分獨特。她寫道：「他（達爾文）對自然的觀察是如此的偉大而鉅
細靡遺，幾乎到了自動自發、渾然忘我的境地。而他觀察的結果，
產生的結論，又是如此的美妙、紮實，真真讓人欣佩不已──讀他
的作品，我們往往會在嚴謹的筆法中，突然讀到三兩句逸筆，一種
驟然的放鬆，讓人感到他所從事的工作是如此的奇異。我們好像可
以看到一個孤獨的年輕人，雙眼緊緊盯住各種『事實』，察看最微小
的細節，直到眼前一陣暈眩，逸入於不可知的世界之中。」

事實上，畢氏之所以在詩壇上成名，也正是靠著這種科學家似
的觀察之眼，在詩中經營出一種直接而又乾淨俐落的描述，精準無
比，動人心魄。1985 年夏天，我在英國倫敦大學做短期研究，看
到英國國家詩歌學會與倫敦大學共同舉辦美國詩人講座，入選的七
個詩人分別是龐德、佛洛斯特、史帝分司、巴瑞曼（John Berry-

man)、羅威爾(Robert Lowell)、艾施百瑞(John Ashbery)，畢霞璞的名字，也赫然出現其間，在佛氏之後，史氏之前。可見她在晚年，已躋身美國十大詩人之列。

　　論者認為，近年來畢霞璞的詩文全集出版之後，聲譽更是如日中天，比她生前有過之而無不及。她不但能處理事物「客觀」的外表，同時也能以「社會」的觀點來探討人類最關切的問題，讓「個人」的內在感受與「無言」的外在現象，合而為一，並以藝術的手法表現出來，這在美國當代詩壇，是相當獨樹一幟的。因為，過去二十多年來，美國詩壇的成名詩人如羅威爾、巴瑞曼……等，都是屬於「自剖詩派」(confessional poets)，作品一反艾略特、龐德的傳統，充滿了傳記資料及個人化的隱喻，這種寫法的優點是真誠無偽，直指本心；缺點是牽涉私人的掌故軼聞太多，讀者不易徹底瞭解，評註家也難明察秋毫。畢霞璞能一反「自剖」式的寫法，而全以客觀的方式來呈現，但同時又能摒棄艾略特式掉書袋的招術，當然令人耳目一新，興味盎然。現在就讓我們以她的一首短詩為例，對她的詩風做進一步的說明。

海　灣
〔生日感言〕

海潮退到這樣的時候，水便分外清澈了。

白色的石灰泥灘，層層露出水來，浪紋斑駁，閃耀亮眼。

條條小船，曬得乾乾的；根根木樁，則乾得像火柴棒一樣。

是吸收而非被吸收，

海灣裏的水，弄不濕任何東西，

而且呈現出一種，瓦斯火開至最低時的顏色。

你可以聞到海水正轉化成瓦斯；假如你是波特萊爾的話

説不定，你還可以聽見那海水正轉化成馬林巴木琴的聲音。

而碼頭尾端，一架褐色小型撈網，正在那裏撈著

不斷的以絕對冷硬的調子，打雙節棒似的，伴奏著。

水鳥都是特大號的。鵜鶘嘩啦衝刺

入這一泓奇異的瓦斯之中，真是猛得有點小題大做，

這景象對我來說，有點像鶴嘴鋤，

通常是一鋤鋤下去，拉回來看看，什麼也沒有，

於是只好游到一邊，樣子滑稽的擠入鵜鶘堆裏去了。

黑白相間的軍艦鳥翱翔在

捉摸不定的氣流裏

尾巴張開，如剪刀彎彎裁過。

尾巴緊縮如叉骨，緊到發顫的程度。

腥臭的海棉船不斷的開了進來

以一種獵狗啣回東西般的殷勤姿態，

上面豎立著稻草人般的魚叉魚鈎

裝飾著垂懸吊慌的海棉。

沿著碼頭，有一排方格鐵絲網牆

上面，掛著閃閃發光犁刀般

灰藍鯊的尾巴，一條條，在那裏風乾，

準備賣給中國餐館的。

一些白色的小船，仍然相互靠在一起

堆著放，或側著放，船身破裂，

還沒修好（要是將來真會去修的話），遭上回風暴吹壞的，

像一封封拆開而沒有回覆的信。

這小海灣內到處都丟著廢棄的信件。

卡啦卡啦，撈網上上下下打撈著，

撈上來滴滴答答一大灘石灰泥。

所有亂七八糟的事都在進行著，

糟是糟透了，不過卻是滿起勁的。

THE BIGHT
〔On My Birthday〕

At low tide like this how sheer the water is.
White, crumbling ribs of marl protrude and glare
and the boats are dry, the pilings dry as matches.
Absorbing, rather than being absorbed,
the water in the bight doesn't wet anything,
the color of the gas flame turned as low as possible.
One can smell it turning to gas; if one were Baudelaire
one could probably hear it turning to marimba music.
The little ocher dredge at work off the end of the dock
already plays the dry perfectly off-beat claves.
The birds are outsize. Pelicans crash
into this peculiar gas unnecessarily hard,
it seems to me, like pickaxes,
rarely coming up with anything to show for it,
and going off with humorous elbowings.
Black-and-white man-of-war birds soar
on impalpable drafts
and open their tails like scissors on the curves
or tense them like wishbones, till they tremble.
The frowsy sponge boats keep coming in
with the obliging air of retrievers,
bristling with jackstraw gaffs and hooks
and decorated with bobbles of sponges.

There is a fence of chicken wire along the dock
where, glinting like little plowshares,
the blue-gray shark tails are hung up to dry
for the Chinese-restaurant trade.
Some of the little white boats are still piled up
against each other, or lie on their sides, stove in,
and not yet salvaged, if they ever will be, from the last
  bad storm,
like torn-open, unanswered letters.
The bight is littered with old correspondences.
Click. Click. Goes the dredge,
and brings up a dripping jawful of marl.
All the untidy activity continues,
awful but cheerful.

畢霞璞的詩，用詞用字雖然平常，但讀起來却十分不容易。她的文字句法，是屬於寓精確於簡易的那一種，講的事情也是一般可見之景，然而一旦描述起來，却又精細萬分，幾乎接近科學或生物學的確實，讓人在翻譯時，不得不囉嗦解釋，不然，讀者便容易陷入一片茫然。這就像畫家專心刻劃並放大石頭的紋理，完成後，反到成了看不懂的抽象畫了。

「海灣」是一首自由詩，形式配合內容，句子長短不一，隨機變化，完全沒有押韻尾的企圖。詩人只是自然寫來，語氣有如閒話家常，但又好像地理學家或生物學家寫的自然生態觀察報告，巨細靡遺，精密簡潔，文學性的比喻偶爾出現，多半適可而止，好像沒有什麼大規模的發展。看完了全詩，但覺詩人把一個小小海灣中的聲光影畫，色香味道，全都細細的描寫了一番，然後戛然而止，莫明其妙的結束了。

　　如果我們進一步，仔細把全詩與詩的副標題〔生日感言〕對照來看，則對詩的主旨，可能會有新的瞭解。此詩作於 1955 年，是畢霞璞為自己四十四歲的生日所寫。那年，她剛剛出版第二本詩集，自我的風格已建立完成（次年果然得到了「普立茲獎」）。這時，她恰好有機會得到一筆獎助金，到巴西去觀光。喜歡在作品中採用達爾文式生物觀察的她，在此次旅行生活中，得到了充分的印證及實行。她開始以旅行為自己的寫作重心，地球，或地理，也慢慢變成了她寫作的對象。這一年是畢氏創作的豐收年，許多重要的詩作如「在魚市場」（At the Fishhouses）及「兩千多張插畫及索隱大全」（Over 2000 Illustrations and a Complete Concordance）都是在這個階段寫出的，成了詩選必選的名作。科學式的細膩觀察，在這些詩中發揮得淋漓致盡。畢霞璞選擇一個小小的退潮海灣，來紀念她的四十四歲生日，是有深意的。她熱心觀察自然界以及各種地理景觀，精密而深入，幾乎達到與自然合一的程度。而那小小的海灣，在她細心描寫之下，早已變成她四十四歲時的自己。一切外在的觀察，都是自我內在觀照的一部分。瞭解到這一點，我們再細讀全詩，所有的問題，便迎叉而解了。

　　此詩首行短短一句，便為全詩的調子做了定音的工作。畢氏形容自己的心情，已不再如少女時代一般熱情，海潮退去，水色還歸清澈，中年的成熟與智慧，代替了以前洶湧澎湃的感性。在西方文學中，海是生命熱情的象徵，畢氏以「退潮」開頭，其言外之意是非常明顯的。這一點，我們在三十行中所提到的「上次的暴風雨」（the last bad storm）可以得到印證。（當然，這裏也有女人停經的暗示。）

　　二、三兩行說沙灘及港灣中的小船、木樁。marl 是一種「石灰泥」，不是白沙，水泡濕了是黑色，曬乾了則是灰白色。ribs 本是指人的「肋骨」或葉的「脈紋」，這裏是指沙灘在浪的衝激下，留下一道道半圓形的「浪紋」，一排排，一層層，有如肋骨或葉脈

的樣子。crumbling 是「細碎」的意思。這裏是指漣紋在水的影響下，破碎不全。因爲退潮的關係，沙灘便如舌頭一般「吐露」（protrude）了出來，並發光，有如眼睛發光一般。畢氏描寫沙灘時，用了許多與人體有關的名詞，使我們更能感受到她"寫景如寫人"的用心。接下來，她寫沙灘上的小船，因許久沒有下水，都已經乾透了，這似乎在暗示她自己，早就不在以前感情的海洋中航行了。港邊的木椿如燒過的火柴，也暗示，過去的熱情已經燃燒乾淨。

四、五、六行，詩人描寫港灣中的水，說這水只知「吸收」而不會「弄濕」東西，似乎暗示她在思想上，已能兼容並蓄，但卻不再急於影響別人。水的顏色如瓦斯開到最低，沒有艷麗的紅色，只有沈靜的淡藍，暗示她的思想是冷靜而略帶憂鬱的，不再有少女時代的火紅熱情。

七、八兩行的描寫開始「詩意」了起來，她說人們幾乎可以聞得出來，那淡藍的海水正想轉化成淡藍的瓦斯。因水轉成火，轉成涼涼的火，正好像詩人把自己的詩思，轉化成冷靜的詩。於是她提到了法國象徵派大詩人波特萊爾（1821～1867）。波氏認爲宇宙萬物之間，通過感官，能夠產生一種共感共鳴的作用（correspondences）。上面畢氏說我們可以「聞」到海水變成瓦斯，正是波氏共感共鳴說的一個例子。詩人接下來，更進一步說，如果我們是波特萊爾的話，我們不但可以「聞」，同時更可以「聽」見海水轉化成馬林巴木琴所演奏的音樂。因爲海水那種藍藍的色調與木琴音樂中的藍調，是十分相近的，都帶著一些憂鬱、清冷的調子。這兩句表面是寫海水變成瓦斯及音樂的過程，實際上卻暗示了思想變成藝術的過程。自然界的種種，與人的各種活動，是息息相關的。波氏的「萬物交感說」（correspondence）在三十二行中，以不同的形式再度出現，old correspondences，既可指「廢棄的信件」，同時也可指「萬物交感」的現象。

　　在九、十兩行裏，她開始描寫一架小型撈網(dredge)，立在碼頭邊，是專門撈蚌蛤用的。claves 是一種樂器，以兩隻短木棒，相互敲打，多半用來伴奏，在拉丁美洲的音樂中，是不可或缺的樂器。off-beat 是指爵士樂的四拍曲子，強音在第二與第四拍：以木棒相擊，一輕一重，就是 off-beat claves。這種打擊音樂，聲調冷硬，故用 dry 來形容，perfectly 則是「絕對」的意思。撈網在海水中的泥沙中撈取蚌蛤，也是詩人寫詩的象徵。海水可以因詩人的"藝術"而轉化成火焰，轉化成音樂（也就是詩），那撈網就是詩人所採用的藝術媒介：「語言」，可以用來在現實的泥沙中，捕捉詩的精華。畢氏的詩，取材多半沒有什麼"詩意"（至少不是傳統習慣中那樣的詩意）而其語言節奏，亦多半不押韻，冷硬鏗鏘，有如撈網發出卡啦卡啦的聲音，不斷的在泥沙中，尋找珍寶。

　　接下來，詩人開始描寫海灣中的水鳥。胖大的鵜鶘，動作笨拙可愛，小題大作的衝入水中抓魚，結果卻是一無所獲，只好一擠一擠有點沒趣的游了開去。這是從幽默的一面，來描述詩人寫詩時經常會出現的滑稽情況。因為詩人常常大張旗鼓，要寫一首驚天動地的傑作，可是寫出來的結果，卻平庸無奇，毫無可觀。有時候，他用盡全力寫一首小詩，寫到最後，也可能一無所獲，完全失敗。正如用鶴嘴鋤全力一鋤，鋤在堅硬岩石之上，什麼結果也沒有，充滿了反諷與自嘲。

　　不過，有時候，寫詩也像軍艦鳥，在氣流中以尾巴平衡飛行。順利時如剪刀裁紙，沿著曲線(the curves)一路剪下去；然而有時卻要小心翼翼，全神貫注，尾巴緊繃，不斷的顫抖，奮力保持平衡：保持一種外在現實與內在自我的微妙平衡。

　　從二十到二十七行，詩人筆調一轉，開始寫打撈海棉的船隻回港，有如主人派出去或正在施予訓練的獵狗(retriever)，快速的把主人丟出去的東西，如木條……之類的，啣了回來。air 在此當「態度」解，obliging 則有「殷勤」「熱心」的意思。船上那些豎

立起來的魚叉、魚鉤，有如稻草人一般，弄得飛鳥不敢接近。身上
更是掛滿了串串海棉，打扮的熱鬧又俗氣。至於碼頭上，則有成排
的方格鐵絲網(chicken wire)，也就是通常養雞場用的那一種。上
面掛著鯊魚尾巴，形狀有如犂田的犂刀(plowshakes)閃閃發光。
這些東西，都是準備賣給中國餐館做菜的材料。（可能是指魚翅）
這幾行詩是在寫詩人所處理的題材，什麼都有：有些是從遠方深海
底撈起來的，味道雖然腥臭，但卻也多彩多姿；有些則可能會運到
遙遠的中國，至少是中國餐館，充滿了異國情調。但不管是買進或
賣出，貨品都是詩人所擁有的，絕非買空賣空，憑空虛構。retrie-
ver 這個比喻，十分絕妙，把詩人與詩材料的關係，說得十分透
徹，那就是，詩人往往只寫他想要寫的，如獵狗（也就是詩人所使
用的語言），被訓練去啣回主人丟出去的東西一樣。

　　從二十八行到三十一行，詩人回過頭來，再次描寫那些沙灘上
的小船。告訴我們那些小船，在上一次的暴風雨的襲擊下，都損壞
了(stove in)，至今尚未修復。If they ever will be 的意思是"要是
將來真會去修的話。"言外之意是，這些小船已不堪再修，或是主
人早已葬身海底，沒人去修。當然，也可能是主人喪失了航海的勇
氣或興趣，根本不再來海邊了。每一條破船都像一封信，信封已被
拆壞，狂風暴雨式的激情內容，也不知去向，丟在那裏，無人回
覆，也無法回覆。小型的白船，多半是遊艇或是釣艇，對詩人來
說，是無法經得起大風大浪的。她現在需要的是遠洋漁船，到更深
的海中，去打撈心中所想要得到的東西。遊樂用的小艇，壞了也就
算了。就像來信的內容早已熟悉，只是失去了回信的興趣，修復不
修復，回覆不回覆，都不是重要的，因為過去的暴風雨，已經消失
得無影無踪了。

　　接下來，詩人以看似簡單，實際卻很複雜的一句，為全詩做了
一個總結："這小海灣內到處都丟著廢棄的信件"，言外之意是說，
海灣內充滿了過去的回憶，但過去終究是過去了，有如廢棄的信

件，扔之可也。但correspondences 又可以當做"萬物交感"解，那
表示了海灣之內，充滿了各種"過去"(old)的"萬物交感"經驗。而
詩人的目的，是不斷探索新的，已經"寫"過的，就讓他去吧，繼續
面對未來，才是詩人的職責。

　　於是撈網卡啦卡啦的聲音又響起了，詩人仍舊忙碌的用冷硬的
語言記錄或捕撈現實泥沙中的珍寶，或是忙著去化泥沙為珍寶。全
詩一開頭，詩人把石灰泥沙灘形容得如人胸部的肋骨。因此，這裏
撈網的動作，也可以象徵詩人在胸中捕撈詩篇。這一切的一切，在
沒有變成藝術之前，看起來，有些亂七八糟，不過裏面卻充滿了生
命力，不斷的在那裏活動著。雖然不怎麼賞心悅目(awful)，但卻
叫人看了覺得一切東西都欣欣向榮，洋溢著一片生機。

　　上面這個小小的港灣，便是畢霞璞在四十四歲時，挑選來送給
自己的生日禮物。她把灣中的一切，都看成與自己生命的發展息息
相關，既回顧了過去，也展望了未來。同時也探討表白了自己獨特
的詩觀與詩想方法。從平凡的外象中，詩人看到了藝術的本質，從
客觀而精細的描寫與貼切而獨特的比喻中，我們看到了詩人如何點
廢鐵成金塊，化腐朽為神奇。

　　畢氏的寫法，是以象徵為主，但卻刻意的避免"習套式"的象徵
手法，是屬於"平中見奇"的詩。我的翻譯，本來只應停留在譯文及
譯註的階段，不該進一步的把詩與其他的"聯想"攪拌詮釋在一起。
因此，我對這首詩的解析，僅提供大家在欣賞時，做一個參考，絕
對不是唯一的詮釋。讀者可以在瞭解原詩後，從各種不同的角度，
提出他自己的看法。

註：此詩選自 Nina Baym 等所編的《諾頓美國文學選集》(The Norton
　　Anthology of American Literature)，(紐約，1985)，第二版，
　　第二卷，第二冊，頁 2298-2299。

詩的解構主義

騎一匹獨眼馬(Riding a One-Eyed Horse)

騎一匹獨眼馬

他的世界總是缺了一面。
經過時，你可以用手跟他揮一揮
或用肩膀跟他廝磨一番，
然而，他看不見的那一面從來就無事發生。

千百棵樹從他身邊一溜而入黑暗，
滑入一個空洞的半球之中
那裏傳出來的聲音，非要費口舌去解釋不可
你的雙腿會告訴他不要害怕

要是你學會了永不欺騙的話。不要忘記
調過他的頭來，讓迎面而來的迎眼而來：
他會跳過那些非跳過不可的重重欄柵
要是你搖動韁繩，從他看得見的那一面衝過去

他便可用看得見的那隻眼睛正視一切。而濃濃的黑暗
老是在你身旁；讓他學習如何
依靠其上。黑暗會幫助他站得更穩

並看著你安然馳過不斷後退消失的原野。

Riding a One-Eyed Horse

One side of his world is always missing.
You may give it a casual wave of the hand
or rub it with your shoulder as you pass,
but nothing on his blind side ever happens.

Hundreds of trees slip past him into darkness,
drifting into a hollow hemisphere
whose sounds you will have to try to explain.
Your legs will tell him not to be afraid

if you learn never to lie.   Do not forget
to turn his head and let what comes come seen:
he will jump the fences he has to if you swing
toward them from the side that he can see

and hold his good eye straight.   The heavy dark
will stay beside you always; let him learn
to lean against it. It will steady him
and see you safely through diminished fields.

　　亨利・泰勒(Henry Taylor)一九四二年出生，今年四十四歲，一九八六年獲頒普立茲詩獎。他的詩反映了美國文學「後現代主義」的思潮，與近幾年出現的解構主義有密切的關係。近年來，他詩名日彰，與同輩詩人史密斯(D. Smith)，李唐(Don L.

Lee),麥卡尼(P. McCartney),加立佳(Tess Gallagher)常常入選新編的詩選,獲得好評。

這首詩表面是寫一個人,騎一匹獨眼馬的經驗。實際上是指詩人,或藝術家在處理經驗時,有所見亦有所蔽的情形。

把藝術家或詩人比喻成騎士,是英美文學所慣用的手法。葉慈(W. B. Yeats)就在他的絕筆詩中,為自己留下這樣的墓誌銘:

> 冷眼一瞥
> 看生死
> 騎馬之人奔馳過
> Cast a cold eye
> On life, on death.
> Horseman, pass by

葉慈對藝術信心十足,認為只要詩人駕馭得法,便可以超過生死。此生此世的種種,對藝術家來說,不過是到此一遊而已。在閱歷生死後,詩人揚鞭放馬,絕塵而去,毫無留戀之情。

對生活在後工業社會的詩人來說,藝術是不是有絕對的力量超越生死,還在未定之天。因為詩無論如何寫,還是語言的藝術,受了語言的限制,在觀察描寫事情時,必有所「見」有所「不見」。這個觀念自從「解構主義」興起後,在美國文壇十分流行。

「解構主義」思想源自於法國文學批評家及哲學家德希達(Derrida),他在七〇年代以後常應邀到耶魯大學開課講學,影響巨大,形成耶魯批評學派。其中重要要的人物有德曼(Paul De Man)、彌勒(J. H. Miller)、布魯姆(H. Bloom)等,被稱為耶魯「四人幫」。其中以德曼在推動解構思想最為熱心。出版有《不見與洞見》一書,影響深遠。(《Blindness & Insight: Essays in the Rhetoric of Contemporary Criticism.》New York: Oxford Univ. Press 1971. 二版增訂 Minneapolis: Univ. of Minnesota press,

1983）

　　泰勒此詩以獨眼馬象徵文學作品，有其「洞見」的一面，也有其「不見」的一面，而「不見」的那一面，自成一個似山洞一般的世界，有如另一個「半球」，所造成的隱藏意義，不是一目了然的，非要用心去探索，方能有所得。詩人寫詩，首在誠實，所謂「修辭立其誠」，以誠心引導文字，看準所能看見的，便可迎接正視一切。至於「不見」，不但不可避免，同時也是藝術上的必要。

　　所謂「不見」的那一面，也就是「黑暗」的一面，永遠伴隨在「洞見」之旁，使「洞見」能有所見。而詩人也就如此這般的駕馭文字。通過時間的原野奔馳而去。

　　「解構主義」的思想方式，與中國的老莊思想，有許多可以對照並列的地方。中國文字上的「言」「意」之辯，「有」「無」之論，「形」「神」之說，有時或可與此派的作品相互參證，得相輔相成之效。。

　　詩中第一段第一行的，his world 中的 his，是指「獨眼馬」；第二行的 it 也是指馬。第二段 drifting into a hollow hemisphere 是指眼睛看不見的那一邊，那裏的世界，對獨眼馬來說，有如空洞的「半球」，有時會發出各式各樣的聲音，可能會使獨眼馬受驚，於是騎士（或詩人）便努力安慰獨眼馬，多方解釋（explain）希望他不要害怕，不要緊張。當然有時候即使路況真的很壞，騎士為了安度難關，也會善意的用雙腿夾夾馬腹，「欺騙」一下馬匹，暗示不要緊，路況安全，可以勇敢的衝過去。

　　第三段是說，駕御馬匹最好的辦法不是「欺騙」，而是讓馬匹正視真實的情況，衝過去加以克服。在人生的道路上，有的事情可測，有的不可測，知其可測，那不可測的，反而成了「希望」以及「可能」的泉源。不可測的東西，常是黑暗一片的（heavy dark），然而人生就是因為有不可測的部份，才會激發我們勇敢向前探索。因此「黑暗」不是阻力，反而是助力了。

註：

　　此詩選自 X.J. Kennedy 編《Literature: An Introduction to Fiction, Poetry, and Drama》，第三版，（紐約，1983），頁 432–433。

析字成圖可爲詩

管窺中文有感（On Learning Some Chinese）

近幾年，台北已變成一個國際性的大都市，不但在工商業方面是如此，在文學藝術上亦然。就以我個人有限的接觸而言，一年下來，從歐洲、美洲、澳洲及東北亞、東南亞各國來訪的藝術家、收藏家及學者，幾乎每個月都有，來訪的方式，包括觀光、開會、講學、做研究、開書展、談生意⋯⋯各式各樣，不一而足。我仔細分析了一下我所接觸到的訪客，發現他們大部分都對我們當代的藝文活動十分有興趣，光是故宮博物院，已經不能滿足他們對自由中國的好奇心了。

經過多年來的建設與努力，台北也確實能夠提供一些資料及櫥窗，使外來訪客對當代藝文活動，有一個概括的認識。除了公家的美術館、博物館外，私人經營的文化機構，也十分能夠吸引這些海外的知識分子。如忠孝東路一帶的美術館、畫廊⋯⋯等，已成了他們必訪之地了。在出版物上，國立編譯館的《中國現代文學選集》（英文本），國際筆會的英文會刊《中國筆會季刊》，還有許多其他的英文刊物如《自由中國評論》（Free China Review）⋯⋯等，都是文筆優美、印刷精良的一流出版品，對文化交流的貢獻，是無法估計的。

上個月，我因畫緣，得識美國紐約派詩人何建金（James Hatch），他與他的藝術家妻子畢樂美（Camille Billops）他們雙雙來華講學，太太在此畫了許多台灣風物，先生則寫了許多有關中國的詩。他們臨行之前，讓我看了許多留台一年來的作品，其中不乏佳

作，值得在此介紹。

管窺中文有感
——紀念歐文·道森
On Learning Some Chinese
—dedicated to Owen Dodgson

太

在中文裏
「太」的
意思是「過份」，
但是
什麼是過份的
過份呢？
「太——太」
一個太太是也！

Tai

In Chinese
　　"tai"
means "too much,"
　　　but
What is too much
　　of too much?
　　　"tai-tai"
　　a wife!

忙

「忙」
在中文裏
結合了
「心」
　　與
「亡」。

這該不會是古人
想告訴我們
一些什麼吧？

Mang

To be "busy"
　　in Chinese
is to marry
　　the "heart" 忄
　　with
亡 "to die".

Were the ancients
　　telling us
　　something?

心

「心」到處都是
甚至在「思想」這個詞裏也是
三點血滴
提醒我們
所謂的邏輯到頭來還是一個
心的問題

Syin

"Heart" is everywhere,
even in "thought"
Three drops of blood
remind us that
logic is finally
a matter of the heart.

休·安

兩個都在休息
都在平安的歇息
一男一女倆個人
他休息
在一棵樹下
她歇息
在屋頂之下
她很「安」
他則剛把妻「休」了

Hsiu An

Both at rest

Both at peace

Both man and woman

He at rest

beneath his tree

She at peace

beneath her roof

She is "quiet"

He "divorced"

「管窺中文有感」一組詩，共十二首，寫他在台習中文查字典的感受，與龐德的引用中文的詩作，有異曲同工之妙，充滿了詩人敏銳的感受與機智。全詩完成後不久，他接到另一個紐約派詩人道森(Owen Dodson 1914-1983)的死訊，想到他這組詩與道森幽默機智的詩風相似，便在卷首題上「獻給道森」等字樣。

外國人看中文，往往因角度不同，常發奇想，使我們讀了，覺得新鮮又熟悉，陌生又可親。他們對中文的理解，時有差誤，但轉化成詩後，多半是美麗的錯誤。這一組小品，是屬於輕鬆的練習曲，但也不乏雋永之作，茲選譯四首，以便大家管窺一番。

第一首詩「太」的靈感來自「太太」一詞，有一種輕鬆調侃女人的味道。女人成了「太太」以後，便常常容易「過份」嘮叨，太愛花錢，太……，過份的事情太多，可以說是不勝枚舉了。

第二首詩，把「忙」解釋成「掉了心」或「沒了心」或「死了心」，確實能把握住「忙」這個字的精髓。現代人成天把「忙」掛在嘴邊，但卻早已忘了其真正的含義。

在第三首詩中，詩人觀察到中文裏充滿了「心」這個部首，連屬於比較邏輯的「思想」一辭，也有「心」在其中，暗示了「心」

是可以「感情」也可以「理智」的。就是最理智的東西，其中還是
有感情有心的存在。。

　　第四首，詩人利用「休」與「安」這兩個字，發展出一幕小小
的戲劇，表達了對離婚的感受。男人爲了求得片刻寧靜，把太太
「休」了，以便在樹下得到些許寧靜。而女方在離婚之後得了房子
及贍養費，當然也可以安安靜靜享受一番。

愛與詩
蟹爪蘋果樹（Crab Apple Tree）

山查樹

春日某天，我看到一棵山查子
開滿了一樹叫人透不過氣來的花朵——
我頓時失聲而泣
那是多年前
在愛荷華的事。

今天，在台灣
我已想不起當時爲何流淚
甚至連樹的顏色也想不起來了，
可是我卻記得那是一個春天
我雙眼充滿了淚水

像狗和貓一般
我們一遇痛楚便跳了開來
但卻記不起爲了什麼。

「過份的自覺」
一個憂鬱的俄國人說

「是一種病態」。

可是，依然……
爲了如此的「美」而泣
但又記不起是爲了什麼……

啊，吾愛，
這些你爲我而流的
甜蜜淚水
甜蜜得讓人透不過氣來。

可是，到了明年
在一個遙遠遙遠的夏天裏
妳可能會憶起
你曾爲愛而泣
然又不十分確定
我叫什麼名字。

唉，我們對
「長久不變」的渴望
是受了詛咒註定沒有結果的。

CRAB TREE

I wept aloud one spring day

to see a crab tree

suffocating in full bloom—

that was in Iowa

many years ago.

Today, in Taiwan
I can't remember why I cried
nor even the color of the tree,
but I recall that it was spring
and the tears filled my eyes.

Like dogs and cats
we wince with pain
but don't remember why.

Too much self-consiousness
said a melancholy Russian
is an illness.

But still...
to cry for such beauty
and not remember why...

Ah my Love,
these wet tears
you shed for me
are suffocatingly sweet.

But next year
in a distant summer
you may recall

you cried for love

and not be certain

of my name.

Our thirst

for permanence

is a cursed thing.

　　「山查樹」是何建金(James Hatch)的近作，字裏行間，有佛洛斯特的風味。全詩講他在台灣回想起美國的一段戀愛，並探索愛情與永恆之間的關係。其中以下列三行最為精警，「像狗和貓一般／我們一遇痛楚便跳了開來／但卻記不起為了什麼。」把人類在感情上的「健忘」，刻畫得精細入微，震撼人心，由此亦可見何氏功力之一斑。全篇充滿了無可奈何的悲哀，細微而有韌性，使人想起張愛玲的小說，十分值得細品。

　　「山查樹」英文又名「蟹瓜蘋果樹」(Crab Apple Tree)，是屬於薔薇科系的一種花樹，於春日盛開，顏色雪白，有如梨花。在此，詩人以此樹象徵一段純潔的愛情往事。春天是戀愛的季節，花朵是感情或愛情的象徵。如今花朵重新開放，而愛情謝落不見，詩人想起往事，不禁痛哭失聲。

　　第二段點出詩人對過去感情的細節，已記憶不清，大有李商隱「此情可待成追憶，只是當時已惘然」的味道。在此，下一句要改成「只是現今已惘然」，方才恰當。

　　第三段，詩人以自責的口吻諷刺自己或人類在感情及記憶上，有如動物一般，遇痛則逃。逃走了之後，卻又記不起為何而逃。

　　第四段，主述者引了一段俄國詩人的話，與前面「貓狗」的比喻，成對比。俄國詩人因在國內受到迫害而流亡海外，然時日一久，他竟然已經把當時逃亡的原因淡忘了。從俄國詩人的觀點來

看，如果一個人太「自賞」，時時刻刻記著過去種種，那他便無法真正為現在而存在。徒然讓自己陷入一種病態的生活當中，苦痛萬分。

　　第五段，詩人無法為自己如此的「健忘」而釋懷。他仍想掙扎著去找出哭泣的原因。在第六段裏，他終於醒悟到，他的情人也可能在春天回憶起他們的這段往事，流下了「甜蜜」的淚水，有如眼前的花朵一般，美得讓人透不過氣來。可是再過久一點，時間的巨掌，一定會將這一點僅存的記憶也抹去，抹得乾乾淨淨。

　　最後一段，表達出詩人矛盾的心裏：一方面，他希望一切美好的都會「長久不變」的留下，至少是留在記憶裏。然而另一方面，他知道連這一點小小的希望或渴望，也是註定要落空的。cursed是「詛咒」之意，凡是遭到詛咒的東西(thing)，例如「渴望」(thirst)，是註定要滅亡的。在此，我翻譯成「註定沒有結果」，以達其意。

處女地

　　　　在這片亮得發紫的土地上
　　　　　　　有剛噴出來的岩漿
　　　　　　　覆蓋所有遠近的山峯
　　　　　　　在地熱噴泉的蒸氣與
　　　　　　　隆隆聲中，有沸騰的泥塘
　　　　　　　硫磺的溫泉（凡此種種
　　　　　　　全被遠處積雪的羣峯
　　　　　　　牢牢看守，有如家私）

　　　　我在此選地紮營
　　　　　　　感受那走動時葉片上
　　　　　　　頑皮飛濺的露珠

傾聽那草原中的畫眉

驚飛又悠閒輕啼

並遠遠的與大塊頭的野熊

假裝比劃摔跤玩耍……

在此，我跪下

親吻大地

然後努力工作

建我自己的城堡

在沙地之上……

VIRGIN TERRITORY

In this bright and purpled land

with its fresh lava

cresting through the hills

amid the steam and groan

of geysers, hot mud pots

and sulphur baths (and all

held chaste and chattel

by peaks of distant snow)

Here I chose to set my tent

to feel the sly sprinkle of dew

shaken from a leaf in passing

to hear the tattle of the thrush

flushed from its meadow bush

to wrestle in playful embrace

the massive bear...

Here I knelt

　　kissed the earth

　　then labored long

　　and built my castle

　　　　on the sand.

　　紐約派詩人大多出生在三十年代，其中最有名的是奧哈拉〈Frank O'Hara, 1928－1966）及愛施百瑞（John Ashbery, 1927－）。他們的詩，不同於「敲打派」（如金斯堡），也不同於「主觀意象派」（The Subjective Imagists），（如李佛托夫 Denise Levertov），更不屬於「國際派」（如艾略特或龐德）。他們的詩以口語為主，不用難詞奇字，講究詩趣，以大都會居民的觀點，描寫自身的經驗，常常反映出「大蘋果」（紐約市的別稱）人種混雜、千奇百怪的性格；同時還與紐約抽象表現主義畫家如潑落克（Jackson Pollock）的作品，相互呼應。何氏曾與另一個紐約派詩人蘇麗雯（Victoria Sullivan）合出過一本詩集叫《分床》（The Divided Bed)（註）。機智幽默中帶著幾許辛辣，把紐約人的種種，寫得入木三分。我從中選出一首「處女地」，在此介紹給大家，此詩寫的是都市人的自然經驗，比較能夠為沒有到過紐約的讀者欣賞。

　　「處女地」是一首關於「詩」的詩。詩人到了火山口去露營，看到「熱情」的大地，純潔新鮮，完全沒有人為的污染，充滿了生命力（地熱噴泉），抒情性（畫眉鳥）及清新的感受（露珠）。他的理想，就是在這樣的土地上，建造自己藝術的城堡。「沙上的城堡」典出新約聖經「馬太福音」(7：24—27）：「好比一個無知的人，把房子蓋在沙土上，雨淋、水沖、風吹，撞著那房子，房子就倒塌了，並且倒塌得很慘。」在此，詩人故意用沙上的城堡來比喻

他的「詩」，明知詩藝、詩名本來虛幻不實，但仍然執著下去，誠懇的面對自己的感受，在工作中完成自己生命的意義。

此詩第一段，描寫火山地帶的一片新生的，尚未開發的處女地。四週有冷峻積雪的山峯看管，好像保鏢護衞家中的珍寶一般，purple 本是形容詞，此處詩人將之做動詞用，表現剛噴出來的岩漿（fresh lava）火紅稍退，亮得發紫。cresting 有「加冕」、「加冠」之意，指火山岩漿覆蓋了許多小山頭。geysers 是指地熱噴泉，自地底直接射出，發出大量蒸氣及聲響。美國黃石公園的「老忠實」（Old Faithful）就是世界上最有名的地熱噴泉。chaste 是「貞潔」或「純樸」的意思，chattel 則是指「動產」，如椅子、汽車、馬匹之類的。在此是指四週的雪山，把這片新生「地」當做是無比純樸的寶貝；而那些流動的岩漿，則好像是這些雪山的動產一般，要牢牢看守，不能疏忽。

第二段寫詩人來到火山地帶紮營，細細體會觀察從火山新生地中長出來的植物花草。sly 是「暗中」的意思，也有「頑皮，淘氣」的含意。在此是指，當人走動時，碰到花草葉子，上面的露珠便活活潑潑，還有點頑皮的，四處飛濺。tattle 本來是指「閒談」「聊天」，此地用來形容畫眉鳥時而悠閒輕啼，時而驚飛（flush）穿梭。wrestle in playful embrace，是指主述者遠遠的看到大灰熊，便隔着一段距離，比手劃脚裝模做樣，好像與灰熊在玩摔角遊戲。

最後一段，詩人點出自己來此火山處女新生地的用意，那就是找一塊「處女」題材，努力在其上建立自己文學的「城堡」。充滿了文學性的象徵與暗示，把簡單的外在經驗，轉化成複雜的內心創造活動，使全詩達到了另一層深度，值得喝采。

註：

以上所選諸詩，均出自下面這本詩集：Victoria Sullivan and James V. Hatch, 《The Divided Bed》, （New York: Hatch－Billops Collection, Inc., 1981）, pp.15－64.

時間沙漏

見沙漏有感（When I Saw an Hour Glass）

見沙漏有感

關於時間之沙，人們已發表過不少議論
而且都很精彩。
我是否能青出於藍呢？

我們要說的，
　　不在踵增前人之華，
而在與大家共渡
　　這亦沙亦時的時光。

在宇宙生生不息的
　　巨大玻璃沙漏裏
恒定如常不斷奔逝着的，
時間之沙，暢談的是無常興滅而非萬古流芳
時間之沙，緩緩的慢慢的標出
　　起點和終點，
但却不是無窮無盡的。

時間之沙無彩無色。
時間之沙清楚顯示
凡存在的
皆會奔逝，奔逝如沙；
或能緩步，緩步如沙；
或將沉沒，沒入沙中
有如各種機緣之風，
捲起乾淨倒落的沙堆
而人却在那些循環往復的沙中
繼續不斷的跋涉着，
旣不思想也不知道更不在乎，
在沙中與在水中一樣
沉沒乃是必然！

WHEN I SAW AN HOUR GLASS

Many have spoken,
And wisely, of the sands of time.
Am I to speak even more wisely?

Not to add to what has been said
    so I speak,
But to share in the sand that
    time is.

Running imperturbably in the
    giant hour glass
Of creation,

Time's sands smoothly speak of
　　　transience and not of glory.
Time's sands slowly mark the
　　　beginning and end,
But not boundlessly.

Time's sands are colorless.
Time's sands show forth clearly
That all who live
Can run as the sands run;
Or walk as the sands walk;
Or sink into the sands
As the winds of chance
Make neat piles and man
Continues to plod his way
Through those same sands,
Unthinking, unknowing, uncaring,
That drowning can be as certain
In sand as in water!

　　　　　　　　　　　——Michael Thomas

　　這是一首自由詩，節奏隨內容之變化而變化，不押尾韻。其大旨是說：時間如沙，可以埋葬一切。詩題 When I saw an hour glass 可譯成「當我看到一只沙漏」（或「沙時計」）。When 引領的子句為副詞子句，當形容詞用，其後的主要字句也可以"I think"（我想到……）開頭。因此不必一定要譯成「當什麼……時候」。按照中文詩的慣例可把隱含的"I think"譯出，例如「見……有感」，這樣比較順口些。

第一段第二行的 wisely，有「智慧」、「飽學」、「聰明」之意，全句應為 Many have spoken and have spoken wisely，意為不但說了，而且說得很好很妙，等於中文的「很精彩」。

第二段一句是屬於文法「變化句法」（stylistic variations）中的「句法顛倒式」（inversion），其原來的次序應為 I do speak not to add what has been said but to share in the sand that is time。把 Not to add……放在句首時，助動詞 do，依例要與主詞顛倒，全句大意為「我所要說的，不是錦上添花式的在前人的議論上加一點自己的心得；而是把自己的感受和盤托出，與讀者分享，以渡過這沙一般漏去的時間。」通常的沙漏，多以三分鐘或五分鐘為度。這正好是唸一首短詩的時間。作者以此為暗喻，來說明讀詩（閱讀詩人的想法與分享詩人的心得）的時間，正好是桌上沙漏中漏下的時間，即漏下的沙，也就是時間本身。in the sand 中的 sand 就是 time。

在第三段中，詩人把「時間之沙」擬人化了。第一句原應為 Time's sands run imperturbably……and time's sands smoothly speak of……。因為兩個簡單句的主詞都一樣，故可以把第一個簡單句中的主詞省去，使 run 變成現在分詞 running 來形容第二個簡單句中的主詞。giant hour glass of creation 是一暗喻，詩人把天地比成一個大玻璃沙漏。creation 有創造或創造萬事萬物之意。天地之間一切事物，皆因時間而慢慢成形，以天地比沙漏，可謂相當中肯。

第二個簡單句意為「時間之沙」所訴說的事情，不是極短就是極長。transience 意為「短暫」、「頃刻」，有「人生無常，驟興驟滅」的感慨。glory 指「榮耀」、「美名」，有「萬古流芳」的意思。

接下來一句是說「時間之沙」緩緩的標明了一切事物的始終，而其本身也是「有窮有盡」的，正如沙漏中的沙子一般，一旦落

完，天地復歸於寂滅。由此可見在詩人的眼中，宇宙的壽命也有一定。人固然有生有死，難逃大劫，宇宙也不是無窮無盡長生不老的。

第四段首句說沙子無色無彩，幾近透明，但卻可以反映眾生之相。凡存在之物，若以時間飛快消逝的觀點來看，則時間奔逝如沙；若以時間漫長難耐的觀點來看，則時間漫步如沙；若以時間之沙如流水的觀點來看，那沙會淹死人的。人在沙中，無目的的跋涉，最後難逃滅頂的命運。

沙如何淹死人呢？詩人好有一比，把沙比成水，把旋起旋滅的沙丘，比成水中起伏的波浪。而人在沙上行走，就等於進入了波濤變幻的迷魂陣一樣，無論如何走不出來了，the winds of chance 是指運氣或機緣之風，亦可指無常之風。winds 為複數故譯為「各種機緣之風」。neat 是英文常用的口頭語（多半是女孩子用），意為「妙絕」，「天衣無縫」，「好棒」，「整整齊齊」……。在此句中是指風堆成的沙丘，頃刻便成，整潔俐落。same sands 是指狂風把同樣一堆沙丘吹來吹去，人類長途跋涉，走來走去，既無法停下來思考自己的位置，也不知道自己究竟身置何處。uncaring 有「管不了」，「不在乎」，「心不在焉」之意，是指人類疲憊已極，根本不在乎沙漠是否比河流更危險，更能淹死人。反正，在時間沙漠上行走的人，是註定要被沙子埋葬或淹死的。

此詩從桌上玻璃沙漏，聯想到人在宇宙的處境，在悲觀中卻也透露出一點點知其不可為而為的精神。當然，全詩仍以諷刺為重點，諷刺掙扎求生的人，就如行走在時間沙漠裏，早晚一定會消失無踪的。

此詩有一個小小的缺點，那就是第四段第一行，意思不錯，但卻與全詩無必然的關係，可刪去。因為時間之沙有無顏色，並不會對全詩的主旨或主題，產生決定性的影響；去之無傷，增之，則不過多了一個華而不實的裝飾品而已。

人蛙對決

青蛙與我 (The Frog and I)

青蛙與我

我對着那青蛙的眼睛直直看進去。
我的眼睛眨了一下。
他沒有。

我回瞪他長長的一眼。
我的眼睛眨了一下。
他沒有。

我板起臉盯着他看。
我的眼睛眨了一下。
他沒有。

我嚇唬他以冰冷的一瞥。
我的眼睛眨了一下。
他沒有。

那青蛙和我訂定下條約一個。
大眼瞪小眼，彼此面對面，
鋼筆藍墨水，寫在紙頭上。
他瞪眼。
我眨眼！

THE FROG AND I

I look the frog straight in the eye.
I blinked.
He didn't.

I gave him stare for stare.
I blinked.
He didn't.

I fixed him with a stony look.
I blinked.
He didn't.

I froze him with a frigid glance.
I blinked.
He didn't.

The frog and I a
        treaty made.
Eyeball to eyeball.
On paper with
        pen and ink.
He stares.
I blink!

————John Stephens

　　這是一首自由詩，無押尾韻之企圖，其節奏感十分強烈，全篇以 I blinked／He didn't 爲節制，三行一組，不斷重複，有如歌曲中的重疊句（refrain），每一組一點變化，以免流於呆板，如是者凡四次。到了第二段，變化加大了一點，三行一組變成了五行一組，I blinked／He didn't 的次序顛倒。而且 He didn't 變成了 He stares。I blinked 則變成 I blink。以節奏而言，這樣的變化，打破了上面不斷重覆即將陷入單調的句式，給人一個驚喜，形成了有力的頓挫，結束了全詩。

　　全詩以幽默輕鬆的手法，來探討人與自然的關係。人代表邏輯思考，代表機巧變化的文明或文化。而青蛙則代表自在無邪，天機一片的大自然，人因「機關算盡太聰明」，往往變化多端，極盡智巧之能事；而青蛙則「純眞空明同造化」，以不變應萬變，木然樸訥無心機。最後，人不得不尊重自然之道，同時也順應自己的性情，與青蛙立下條約，各自依其本性而行，互不侵犯，和平相處。青蛙本性木訥，不言不動，可謂應該當然。人類巧詐百出，喜訂條約，可謂順其本性。

　　其實青蛙又何嘗懂得定約，簽約，又何嘗需要人類的條約。青蛙本不會把人來破壞，只有人會去把自然污染。不過，人又何嘗不知道與青蛙簽約只不過是一種比喩，一種形式而已，其象徵意義大於實質。詩人之所以有簽約的構想，只不過是把人與自然要和平相處的道理，加以戲劇化罷了。不如此，又何能先讓讀者耳目一新，隨後閉目沉思天人合一之道呢？

　　此詩首段以幽默的筆法寫人對青蛙的種種態度及挑戰。人依照人類社會的行爲模式，向青蛙挑戰，用盡心機。他一開始就極不禮貌的朝對方的眼睛深處看了過去。這是一種極端輕視對手的做法，希望對方會馬上因心虛而自慚形穢，把眼睛避開。在人看來，人是高等動物、萬物之靈，青蛙卻是一種兩棲類的小東西，根本無法與人相抗衡。（如果換了獅子老虎，其結果當然會不一樣了。）

看了半天，青蛙沒有反應，安定如常；自己反倒先不自在的眨起眼睛來了。於是，他便以小人之心度君子之腹，認定青蛙是以雙目怒瞪，才贏了這一回合。結果，他立刻以眼還眼，回瞪青蛙。stare 有「長長凝視」之意。而瞪眼竟然無效，這一下，他面子上眞的掛不住了，於是便把臉孔板起來盯着青蛙看，大有攻擊之意。stony look 是指表情僵硬死板，等於中文的「鐵面」，「冷面」或「板着臉孔」，「拉長了臉」之類的。一個人板起臉來，盯着青蛙不放，有如面對仇敵，其情其景，眞令人絕倒。

上述種種伎倆施展出來後，都不見成功。那只剩下最後一招，瞋目以對，做勢嚇人了。frigid glance 是指「冰冷的視線」而言。而 froze 則有威脅之意。freeze 一字當及物動詞時可做「使驚惶、使發呆、使驚愕、使戰慄」解。爲了配合全詩的語氣，故譯成「嚇唬」，指詩中的人，要在威勢上取勝，便拋出冰冷的眼光，企圖嚇一嚇那小小的青蛙，使之驚惶戰慄。對付一隻小小的青蛙，居然用出了這種手段，有如兩國交戰一般，十分滑稽。

所有的法寶都用完了，仍然不見效，人只好依國際社會的慣例，戰爭不成，定條約以講和。雙方大眼瞪小眼的在會議桌上，簽訂和平條約。依照一般的經驗，訂條約的，該是字句必爭、白紙黑字的寫上一大篇。而人與青蛙簽訂條約的內容會是什麼呢？詩人在此寫下的答案，出乎意料的簡短，短到只有四個字，其大意爲：你看你的，我眨我的，咱們河水不犯井水，相互尊重，不必要陰謀詭計或以威勢來恐嚇對方。

此詩描述生動活潑，充滿了童稚的天眞趣味。令人想起迪金蓀（Emily Dickinson 1831－1886）的詩。第一段以不斷的反覆重疊句，來加強詩中人與青蛙對立的戲劇性，引人入勝。第二段，則以出乎人意料之外的轉折，把主題點明，不但描劃出人類多事的天性，同時也把自然樸拙的應對之道，深刻的鈎勒了出來。

好在人並不是完全沒有慧根，並沒有一味蠻幹下去。人雖不能

一下子就超凡入聖，解悟天機，通曉天人合一之道，但也能依人的本性，以訂定條約的笨辦法，來謀求物我雙方和平相處之法。此詩雖無法達到中國詩人天人合一的境界，但卻充分的反映了西方人在追求如何與自然和諧共存時，所做的努力。

林中之屋

房子和家〈House and Home〉

房子和家

我們的房子不顯眼的座落在

一塊林木扶疏的土地上

一片動人的綠草地毯

迎向所有

打這裏經過的人，

這邀請，雖因爲客氣害羞

而顯得沈默平靜，

但無論如何——總是個邀請。

有些人應邀進得門來

領受到母親溫暖的笑容——

坐在窗旁的父親

也溫和的招呼着。

那裏光線好些

他老花的眼睛可以

較爲輕鬆的看些書報。

時間有情人不老
「老年只不過是一種心境罷了，」
母親毫不遲疑的說，
邊說邊忙着倒茶
拿些小點心
慷慨奉上，頗見古風。

為熱誠的雙手雙眼所動
來客不但感到賓至如歸
同時也嚐到了可口的佳餚。

HOUSE AND HOME

Our house nestles unpresuming on a
        gently wooded lot
And invitingly extends a welcome carpet
        of green grass
To all who pass by,
An invitation, though silent in modesty
        and shyness,
Nonetheless—an invitation.

Some accept and enter in to know the
        warm smile of my mother—
The soft greeting from my father
        sitting by the window,
For there the light is better,
And his aging eyes grasp more

easily the printed page.

Time has dealt kindly with them.
"Old age is but a state of mind,"
　　my mother declares firmly,
And bustles off to bring tea
　　and delicate cakes
To proffer in genteel fashion.

Encouraged by cordial eyes and
　　cordial hands,
The guest knows haven,
　　And pleasant bread.

—Mark Stillman

　　這首詩是自由詩，第一段是由一個集合句所組成，其中第一句的主詞與動詞是 Our house nestles。第二句是 Our house invitingly extends. nestles 是不及物動詞，故後面可跟形容詞 unpresuming，後者的本意為「謙虛」，「不炫耀」，在此可做「不顯眼」解。gently 有「溫馴」，「逐漸」之意，此指林木不雜不亂，扶疏有緻。兩個動詞的主詞通常都應該是「人」，此地居然是 "house"，由是可知，詩人把房子擬人化（personify）了。a welcome carpet of green grass 是一暗喻（metaphor），指房前草地如茵，有如綠色的迎賓地毯。extends 是「伸展」之意，指「舖展」地毯以迎佳賓，同時也有「致」、「給」之意，與 invitation 一起用時，有「邀請」之意。An invitation 是 a welcome carpet 的同位語。如此，詩人以類比的手法，把 carpet 比喻做「邀請」或

「邀請函」，如果把句子完整的寫出便成了：A welcome carpet of green grass is an invitation to all who pass by; though it is silent in modesty and shyness, nonetheless it is an invitation。詩人為了避免重複，精簡句子，故把許多動詞及主詞都省略了。modesty 本是「謙虛」之意，在此當做「客氣」解。

第二段的 some 與第一段中的 all 都是指一些人，故 pass, accept, enter 都不加 s。第二段是由集合複合句所組成，主詞是 Some，動詞是 accept and enter to know，受詞有 the warm smile 及 the soft greeting。為了避免 and 重複使用，mother 後面的 and 以長劃符號代替。window 後有個 For 引領的子句（clause）解釋為何父親要坐在窗旁的原因。accept 後的 the invitation 及 enter in 後的 who is sitting 的 who is，也省略了。sitting 變成了現在分詞，當形容詞用，形容 father。grasp 本是「掌握」之意，在此當做「瞭解」，「看懂」解，比用 read 這個字要來得生動有力。因 grasp 是現在式已有「可以」的涵意，故不必用 will grasp 了。

第三段第一行中的 them 是指主述者的父母。意為時間對二老特別仁慈，沒讓他們老態龍鍾。因為從上下文看，不顯老的一定是指父母二人，故在譯文中只用「人不老」來譯 them。直譯則應為「時間很仁慈的對待他們。」或可譯為「時間並沒有無情的把他們催老」。

「老年只不過是一種心境罷了」一句，是指只要心不老，外表就不會顯老。如果心老了，即使外表還年輕，看起來也會有老態。

genteel 一字意為「有禮的」、「有教養的」，此地指待客熱誠，頗有古風。proffer 原做「樂意」，「提供」解，此處有傾其所有，以奉佳賓之意。fashion 在此是指「風格」、「格調」或「方式」、「做法」。

最後一段的手與眼，是指主述者的父母。這種人部份來表示整

體的手法，叫做「舉隅法」(synecdoche)。我中譯成雙手雙眼，只是為了行文流暢而已，不必一定死譯做兩雙手，兩雙眼睛。haven 是避難所，或安全舒適之地，全句與中文「賓至如歸」的成語相似。pleasant bread，不必一定要譯成「美味可口的麵包」，原句是指飽餐一頓，不言「餐飲」而只說「麵包」，也是「舉隅法」的運用。

房子與家不同，前者具體，後者抽象。有房子不一定有家，有時房子只是個住所而已。而家卻是溫暖親情的源頭。此詩首段寫房子，用擬人法(personification)，使房子變成一個熱心有禮而且有點害羞的人，歡迎朋友去玩。第二段寫父母和藹溫暖的招待客人，而重點在父親的描寫。第三段重點在母親，描寫母親年紀雖然老大，心境卻很年輕，充滿了活力。第四段寫客人賓至如歸倍受禮遇。全詩使房子與房中的人物合而為一，然後又使之與來訪的客人合而為一，表達了「家」的真正意義是：不但能為自己人提供溫暖，同時也能夠照顧到其他人。

全詩平舖直述，偶用比喻，描寫貼切，不蔓不枝，也不誇張。用詞選字，老是圍繞着「房子──父母、朋友──家」這些主題意象發揮，表現不很突出，文字亦不警策，但整體說來，還算得上是平實之作。

希望之舟

希望（Hope）

希望

午後我走下河邊
看到一條小船被人繫在大樹邊
以一根粗壯的鐵鏈

岸旁級級往下的石階
也正是往上的石階。

那船好像在等待。
動也不動的等着，就像希望一樣。

我轉身欲去，
却又駐足回首，
自問道：「我的希望
是否也被鐵鏈鎖住？」
那鐵鏈究竟有多粗？
那樹幹究竟有多大？

HOPE

I went down to the river this afternoon
And saw that someone had tied a boat to a tree
With a strong chain.

There were steps leading down
The same steps led up.

The boat seemed to be waiting.
Like hope it waited impassively.

I turned to leave,
Then paused and looked back,
And asked myself: "Is my hope
　　chained?"
How strong is the chain?
How big is the tree?

——Diana Hacker

　　這是一首自由詩，無押尾韻的企圖。首段講主述者在河邊看到一條被鐵鏈鎖住的船。因為船是在他來之前就繫好的，故用過去完成式 had tied 以與 saw 和 went 對照，表示時間的次序。第二段講河岸上有石階。第三段把「被繫住的小船」明喻（simile）成「希望」。第四段總結：主述者自問，自己的希望，是不是也像這條小船一般，被大鐵鏈繫在樹上。

　　這首詩就表面上看來，很好懂，也很不好懂。好懂的是其文字

淺白，文法清楚，講的事情也很簡單，似乎無甚深意。不好懂的是，詩人爲什麼要這樣講，爲什麼要把這些意象反覆運用。例如第二段，那兩行講石階上下的句子，是不是多餘而沒有意義的？

第一二段的描寫，初看很平常，都是實景，似乎沒有深意。從第三段開始，主述者開始把外在的「小船」與抽象的希望，聯想到一起。小船本可在湖海中航行，遊歷許多它想去的地方。現在被人用鐵鏈鎖住，便動彈不得了。人的希望不也是如此嗎？許多希望往往因現實條件的限制而無法實現，正像被鎖的小船一般。因此，把「被鎖的小船」與「希望」相比，是恰當的。

第三段講主述者在欲去未去之際，想到自己的希望是否也被鎖住？如果答案是肯定的，那是被什麼樣的東西所鎖呢？被鐵鏈綁住的小船是容易解開的，鐵鏈如果打不斷打不開，那也可以把樹鋸倒或拔起。然而繫住主述者希望的樹與鐵鏈是什麼呢？是他自己牢不可拔的惰性？是那強大的感情鐵鏈？還是體能或其他外在的社會環境的限制？

講到這裏，我們再回過頭去看第二段，就發現那有關石階的描寫，是有作用的。石階本身是中性的，可上，也可下。決定上下的，則是人。對一個意志消沉的人來說，凡事皆不利於他，所有的希望全無法達成，到處都充滿了阻力。人生對他來說，只是一連串下坡路。對一個樂觀向上的人來說，則一切阻力都變爲「成功之母」；他的前途，是一連串上升的道路。詩人有感於此，所以不斷自問道，我的阻力是什麼？那阻力是不是「粗大」到我無法擊碎的地步？

這首詩是用象徵手法寫成的。其中的意象如船、樹、鐵鏈，石階等等，一開始都是平凡的自然景物。等到這些外在之境與內心之情會合後，便產生中國詩家所謂的「情境交融」的效果了。每一個外在的意象都有了象徵的含意，間接的表達了詩人的主題與思想。

讀者在讀這一類的詩時，最好先把全詩仔細看過數遍，然後再

把詩人在詩中所透露出來的線索抓牢，按圖索驥一番。那詩中所隱藏的象徵與暗示，都會豁然開朗，迎刃而解。

　　至於詩中的主述者(speaker)，是詩人創造出來的說話者，他有時是女，有時是男，有時是老，有時則少；有時甚至於是詩人自己，有時不是。有時，主述者可能是樹木，花草，走獸或天氣，雲彩……等等，千變萬化，不可捉摸。所以讀者在讀詩時，千萬要認清主述者的語氣及身份，才容易真正把握詩的精義。

　　本詩的主述者，看不出年齡與性別。但觀其語氣，當非小孩或青少年。至少，他應該是多愁善感的年輕人，或是一個深思熟慮，喜歡自省的中年人。象徵詩的手法之一，就是使主題及對象朦朧化，產生多重暗示或多重影射的效果。詩人不把主述者的身份寫的太明顯，正好可以配合不同身份的讀者，做各種不同的解讀。男女老少讀了此詩，都會依自己的經驗與想像，去與詩中的人物認同，這樣當然可以擴大讀者感受的範圍。「希望」一詩的主述者與詩人自己，十分接近，幾乎可以說是同一個人。而其講話的方式也是用第一人稱的「我」，讀者唸起來，十分易於與之認同。老實說，這種手法是抒情詩的一貫特色，只不過象徵詩人特別喜歡用罷了。

沈思之羽

飄飛風上一羽毛 (A Feather on the Wind)

風上一羽毛

我望着那羽毛飄盪着
柔柔的在風中飄盪着。
我看着那羽毛依偎着
輕輕的在風上依偎着。
我感覺到那羽毛飛落了下來
無聲無息的飛落了下來。

現在，風也停了，
無聲無息的停了。

一片靜默與一根羽毛在地上
在我的腳旁。
寂靜與我心一起振動着，
振動出那唯一的廻聲，在我胸中。
悠悠暝想，思緒紛紛
像那羽毛一樣，
飛落在地上
飛落一片平靜在心中。

A FEATHER ON THE WIND

I watched the feather float
Gently on the wind.
I saw the feather lean
Softly on the wind.
I felt the feather fall
Soundlessly.

The wind dies too,
Soundlessly.

Silence and a feather on the ground
    at my feet.
Stillness and my heart beating in
    my chest the only echo.
Quiet contemplation and my thoughts
    like the feather,
Fall to the ground
And I know peace.

——James Toomer

這首詩的第一段有三個簡單句（simple sentence），都是直述句（declarative），而時式則爲過去式。watched、saw、felt 都是感官動詞，所以 float、lean、fall 都用原形不加 s。

第一段講羽毛；第二段講風，動詞 dies 是現在式，表示剛才

一直在看羽毛隨風飄動，現在風停了，有新的事情即將發生。這兩段，時式不同，主要的事件也不同，故分成兩段來表達。風在天上，無體無形，藉羽毛的飛動，才可看出風的動態。現在羽毛落下，當然是因為風不吹了的緣故，因此，第一段與第二段有意義上的關聯與時間上的次序。

　　第三段第一、二行仍是直述簡單句，然詩人把動詞省略或改變了。這在平常寫散文的時候，是不宜的。但寫詩時，因為節奏、音節、對稱、意義種種緣故，權宜的改變文法是可以的。這種做法叫「詩的權宜」（poetic licence）意思是「詩法破格」。原句應為 Silence and a feather are on the ground at my feet. Stillness and my heart are beating the only echo in my chest.（動詞應為現在式）。echo 可以當成心臟跳動的廻聲，也可解做羽毛著地的廻聲。

　　詩人之所以要把動詞省略，是為得使主詞之間的相互對照更為明顯。「靜默」是抽象的，「羽毛」是具體的。「靜默」與「羽毛」一起臥在地上，便使得抽象的東西具體化了。beat 做不及物動詞可解為脈搏或心臟的跳動，做及物動詞則可解做打拍子或敲打。beating 做名詞可解做心跳或脈搏。stillness 本指「沉寂不動」之意，也可做「無聲」，「靜止」解。心臟在胸中跳動，產生廻聲，而「寂靜」也與心臟一起跳動產生廻聲。這裡，「心臟」與「寂靜」不但是相輔相成的對照，同時也是一種從矛盾中求統一的手法。詩人形容四周之靜，靜到連「寂靜」本身的跳動都讓人聽到了。「寂靜」在此被暗示成像「心臟」一樣，會跳會動，是活生生的，會產生一連串的聲音，手法十分鮮活。echo 可做「迴聲」解，也可做 repetition of a sound 解。

　　我們在全然的靜默中，往往可以聽見自己的心跳，而那心跳不但不會破壞靜默，反而會將之加強。唐人詩「鳥鳴山更幽」就是這個道理。此句的主旨在說靜得連「寂靜」（或「無聲」）跳動時所

產生的廻聲都聽得到。這正是詩中的矛盾語法（paradox），例如「痛苦的歡樂」「快樂的眼淚」等等皆是。而這廻聲，也可能是無聲飄落的羽毛所產生的。

最後幾行是一個集合句（compound sentence），由兩個簡單句組成。第一句應爲 Quiet contemplation and my thoughts fall to the ground like the feather。第二句是 I know peace。這裡，詩人直接把「瞑想」與「「思緒」明喻（simile）成那根羽毛，使外在之景與內在之情，合而爲一。動詞 fall 與 know 都是現在式。know 在此有「初識」「初次領受」之義。

全篇寫詩人或詩中主述者（the speaker of the poem）在看羽毛隨風飄動之同時，心中也充滿了隨風飄邊的「瞑想」及各式各樣的「思緒」（thoughts）。等到風靜羽落之時，在一片連自己心跳都聽得見（或連寂靜本身跳動的聲音都聽得見）的寂靜當中，主述者初嚐平靜的滋味，一切煩惱或雜念，都隨羽毛安穩落地，不再飄邊。

本詩是自由詩（free verse），故不押尾韻（end rhyme），沒有因辭害意的毛病。但在詩人所採的自然用語字中，也有許多尾韻上的呼應與重複，如 wind, soundlessly, ground 等。自由詩很重節奏（rhythm），所以每一行的安排都與音調的起伏有關，例如 Gently on the wind, softly on the wind 以及 the wind dies too, soundlessly。充滿了節奏上的回響及重複，使人很容易吟誦。第三段 Silence and a feather, Stillness and my heart, Quiet contemplation and my thought 也都是同一模式的重複。最後，以一句比較突然的 I know peace 結束，與羽毛突然落下的情形而配合。讀至最末一行，讀者的心情與詩的節奏也如那羽毛一樣，突然回到一個定點。因此，我們可以說詩的音韻與節奏（sound and rhythm）是配合了詩的意義（sense）而發展的。

本詩所採用的手法，主要建立在「風中的羽毛」與「心中的情緒」之類比（analogy）上，用「比喻手法」（figure of speech 比喻

之辭)讓思緒與羽毛合而爲一。

　　「比喻手法」有許多種，最重要的兩種如下：一是明喻(si-mile)如「思緒像(like or as)羽毛」；二是暗喻(metaphor)如「思緒是羽毛」，不用「如」「似」之類的字詞。二者並無高下之分，只要運用得宜就好。

　　「羽毛」先是與「靜默」合而爲一，然後又與「思緒」合而爲一，最後化成主述者心中的「平靜」。意象與意義的發展，井然有序，值得讀者仔細品嘗。

悟道之後又如何

寂然冥思（Still Contemplation）

寂然冥思

月滿無缺，清輝處處揚。
寂寞夜影，輕臨海灣幽。
我靜觀以眼，傾聽以耳。
船影如畫靜不動，
拍岸柔波響不停。

夜色層層圍聚
包紮白日的創傷。
我追尋寧靜的撫慰，
卻尋得舒緩的希望之聲，
那是內心傳來的安穩回應，
當我寂然冥思浩瀚之時。
天地萬物，平靜不亂，羅列於
我探索的目光之下。

我敢斗膽一試嗎？
答曰："敢"

STILL CONTEMPLATION

Moon full, luminescent, not crescent.
Stillness and night shadows upon the quiet bay.
I see with my eyes and hear with my ears
The tableau of boats at rest,
The oft lapping of the gentle waves.

Night gathers together and binds up the
    wounds of the day.
I seek the balm of peace
And find the assuaging velvet voice of hope
An assuring response within,
As I contemplate vastness, unmoving.
Creation lies calm, unperturbed
Under my searching gaze.

Dare I ?
"Dare," the reply.

——William White

　　這是一首抒情自由詩，旨在探索一種寂寞時所產生的玄妙冥思。詩人於第一段中，鈎劃出一個具體而眞實的背景，以爲形上冥思演出的舞台。

　　由第一段的描寫，我們知道冥思的時間是晚上，天空中有飽滿的圓月，清輝冷冷，照臨大地。luminescent 是形容詞，指無熱的光，冷的光，故譯爲「清輝」，清冷光輝的意思。not crescent 意

爲不是新月或弦月，故 not crecent 譯爲「無缺」。滿月的光輝，當然比弦月的要來得强一些。詩人於是在句尾强調「無缺」。因此譯文便在句尾加「處處揚」三字，以顯示清輝普照之意。良辰美景，正是「澄懷味道」的好時候。

第二句中，詩人把寂寥（stillness）與夜影（night shadows）當做兩種不同的「東西」（或人物），讓他們一起飛臨幽靜的海灣。中文的「夜影」已有幢幢之意，正好可把 shadows 中的複數意思表出。第一句與第二句都是不完全句，動詞都省略了。原應爲 The moon is fall, luminescent and not crescent.（月亮圓滿，發亮，無缺）；Stillness and night shadows are upon the quiet bay。這種省略法，在詩中常用，目的是簡潔明快的鈎勒出一個情境。尤其是在二十世紀初期，龐德（Ezra Pound）提倡「意象派」運動之後，受了中國及日本詩歌的影響，這種寫詩的手法：不用動詞，而只用名詞或形容詞的對照排列來產生詩情，越來越普遍了。

第三句原來的字序應爲 I see the tableau of boats at rest with my eyes and hear the oft lapping of the gentle waves with my ears.　tableau 是一種以活人在舞台中所扮演的「靜態畫面」，因燈光的關係，使人物變成「剪影」一般，有如「描畫的黑影」，寂然不動。此處是指一排小船在黑夜中，有如一排紙剪的黑影。at rest 是指船泊岸不動。gentle waves 是指微波或柔波，oft 是古字，等於 often，詩人喜用之，有「屢屢不斷」之意。lap 有「舐食」之意，此處做水波拍岸解。

第一段，純然是外在的景物描寫，鈎勒出一幅安靜的「海灣月夜泊舟圖」，給人一種祥和的感覺。一切活動都靜止了，只有圓月揚輝，柔波拍岸，展示出一種舒緩悠然之美，提供了一個自在閒適的舞台，好讓第二段登場。

在第二段中，詩人開始描寫白日與夜晚的差異。Wounds of the day 暗示了白日是屬於奮鬥求生的，有如戰場，使人負傷累

累。而夜晚恰似繃帶，提供休息養傷的機會，為白日留下來的傷口，做包紮醫療的工作。夜既然被比喻成有醫療作用的繃帶，那gather together 就宜翻譯成「層層圍聚」來模倣繃帶包紮的情狀。

詩中的主述者「我」在白日的「奮戰」中，亦受了傷，除了用黑夜「包紮」之外，還要尋求「寧靜」或「祥和」的香膏油來撫慰自己受創的心靈。balm 在西方是指醫療用的香油，也就是聖經上提到的乳香（見耶利米書，8：22），乃潤身聖品。國王加冕時，都要塗 balm，此乃重要的儀式之一。balm of peace 是指「祥和寧靜之心情」，有如能使人通體舒泰的「香油」。主述者在白日的奮戰中，受了傷，有了挫折或絕望之感。經過一番休息，他竟在心中發現一絲希望之聲(voice of hope)。assuage 是使痛苦減輕之意。velvet 本義為天鵝絨或絲絨，在此引伸為「輕軟舒適」解。這兩個形容詞是用來修飾 voice of hope，認為希望之聲輕柔舒緩，聞之能令人忘卻痛苦，分外宜人。故譯為「舒緩的希望之聲」。這希望之聲，是充滿自信(assuring)的聲音，安穩而不慌亂，發自內心深處。然而「希望之聲」是怎麼產生的呢？詩人補充了一句，說是主述者在「寂然冥思浩瀚之時」，所產生的。一個人，心中安穩而有希望，所觀所見便有所本，於是便可以「仰觀天地之大，俯察品類之盛」（王羲之：「蘭亭集序」），從容悟道，不假外求。Creation 是指天地萬物，lies 是指羅列有序，unperturbed 是指平靜不亂。

主述者觀察天地萬物之後，究竟悟出什麼道理來了呢？是不是一定要悟出一些道理來呢？詩人沒有給我們明確的解答。他沒有習套式的在最後加上了一段事先安排好的悟道體認，宣講一些人生短暫宇宙無窮，把握現在，策勵將來的「教誨」；相反的，他卻自問自答的，說了一些「不相干」的話。主述者所謂的「試」倒底是試什麼呢？其答案是多重的。現在讓我們來試舉兩種比較有代表性的

解說來談談。

(1)在一天苦鬥負傷之後，經過夜晚的調養療傷，從一連串的沉思默想，得到了新的希望，這使主述者更能以「探索性」（或更深刻）的眼光，來重新瞭解世界萬物，並從中獲得新的勇氣，敢於再一次面對白日的挑戰。這個說法是根據上下文而定的，可以使全詩連成一氣，前後照應。

(2)在黑夜中得到療養後，主述者張開了一雙新的眼睛，來看這個世界，發現了他從來沒有發現的東西。這使他的心中，充滿了安祥穩定之感。既然如此，是否一定要再回到白日的苦鬥之中去呢？敢不敢就此拋棄一切，繼續追求宇宙萬物的眞理，以冀達到大澈大悟的境界。答案是「敢」，主述者敢於拋棄白日所象徵的一切，而向人心的深處不斷探索下去。這種詮釋法是根據上文，向下推論而得知的結果。

回到白日，繼續工作，是需要勇氣的；但拋棄「白晝」，從事「修行」，也需要有極大的膽識。兩者雖然方向不一，但其方法則卻是一貫的。因為，無論入世出世，都要一番勇氣，一份毅力，日日夜夜，不斷的貫徹下去，方能成功。詩人在此沒有硬性規定譯者採取上述任何一種想法或態度，他只是點出主述者在冥思之後，獲得了內在的勇氣與力量，可以支持他從事他所想做的任何事情。至於事情的內容與方向如何？那就看讀者自己如何體會了。

大海一點也不斯文

愛〈Love〉

愛

也許你不相信這檔子事。
但愛對我來說是有點像
汪洋大海。

今天還平靜祥和甚至笑臉迎人
隔一天則狂野暴怒浪花四射，
一點也不斯文
老是靜不下來。

可不是，我就是這麼認為
看大海湧動
向沙岸猛衝
接著似乎是順勢而停而退
然後，一切又都從頭來過。

我跟你說，那大海和我
可是有不少相似之處！

LOVE

You may not believe it;
But to me, Love is
Some what like the Ocean.

All calm peaceful and even smiling
    one day,
And then the next day raging
    and foaming
Not quiet at all but always
    restless.

Yeah. That's what I think.
l watch the ocean move,
    Dash itself against the
      sandy beach,
Then, sort of, resign, give up,
    and retreat.
And, then, do it all over again.

I tell you that ocean and
    I have a lot in common!

————Bob Herbert

    這是一首自由詩，主旨在指出「大海」與「人類感情」的相似之處，情景交融，從自然中悟出生命的道理。

    海，在西洋詩人的作品裏，一直是愛、激情、或母性的象徵。英國十七世紀玄學派詩人鄧恩(John Donne 1573－1631)就把海比

喻成愛，在他的名作「愛之道」(Love's progress)中有句云：

> 誰都不配談愛，假如他不
> 追求愛之正道眞道的話
> 就等於入大海而暈船而回
> Who even loves, if he do not propose
> The right true end of love, he's one that goes
> To see for nothing but to make sick:

英國十九世紀詩人史文朋(A.C. Swinburne 1837－1909)在他的名詩「時間萬歲」(The Triumph of Time)亦有句云：

> 大海：人類的母親，人類的愛人
> Mother and lover of men, the sea.

英國現代大詩人葉慈在他的「爲吾女祈禱」(A Prayer for My Daughter)更直率的寫道：

> 大海險惡又無邪
> Murderous innocence of the sea.

可見海在西方詩人的眼中，一直是生命、感情等等變化多端不可捉摸的抽象觀念之具體化。本詩繼承此一傳統，把大海與愛之間的關係，做了一次詮釋。

首段 You may not believe it, 是用一句通俗的口語爲開端的，故把 it 譯爲「這檔子事」，以配合其語氣。

第二段，smiling，是指大海碧波蕩漾，平靜祥和，浪花輕揚，有如微笑一般。quiet 原意與平穩、靜止，引伸做恬靜、文雅解，故譯爲「斯文」。restless 指紛擾，好動，不安靜，在此譯爲「靜不下來」。

第三段的 yeah 是美國俗語與 yes 同義。本詩語氣，十分口語

化,故在譯文中,亦做適當的反映。例如 sort of 就是俗語中的「有點」或「像是」,在此譯為「似乎是」。

此詩全架構在一個類比(analogy)上,把「海」與「愛」用明喻的手法(用 like)連接在一起,暗示「愛的海」,「感情的海」,有時波平如鏡,笑臉迎人,有時則翻做滔天巨浪,天地為之變色;有時漲潮,擁抱佔有沙灘;有時落潮,暗暗消沉撤退:如此這般,循環不已。這種類比,在中國文學中亦屢見不鮮,所謂「情海生波」等等,也是從自然中汲取意象,來具體的說明人們抽象的感情活動。

嚴格的說,此詩用的手法十分呆板,第一段點明主題;第二段說海時而平靜時而起浪,第三段說海時而漲潮時而退潮:兩段相互平行對稱,最後結論說大海與人有相似之處。全篇只有起承,然後就關合,少了轉折一項,故讀起來,讓人覺得平淡而無佳趣。這種以「陳腐俗套」為材料的詩,必須在意思上「翻新」,才會令人耳目一新。如只是平舖直述,把前人所言,用不同的字序再重覆一遍,那就顯得笨拙了。

寫詩不一定要語不驚人死不休,但也不可人云亦云,陳腔濫調的炒冷飯。我們相信,這首詩是詩人真誠的感受。不過,他只是忠實的記錄了下來,根本沒有想到其他詩人的作品,然文學創作不能沒有歷史的透視,前人說過的東西,自己不能說得更好,或有新鮮的看法,那還是藏拙為妙。當然,讀者如果要求詩人句句創新,那未免有些苛求,但全篇之內,一句新意也沒有,亦有違「詩」道,不足為訓。

一面易倒易塌的牆

牆上爬藤〈Ivy on a Wall〉

牆上爬藤

爬藤攀緣如人之攀緣
為了要找尋一個地方，其中蘊藏有
勁道與力量，可供依賴。

當苦難來時，所有我們為自己
精心營造的事情
都垮了，倒了，都一敗塗地了，
而我們發現自己在兩行淚水之下
那淚水，根本無法撫慰
黑夜的恐怖悚懼
孤獨的蒼白死寂，
一旦高牆崩塌消失後，
像爬藤一般，我們
必須認識到我們以前
是如何的緊緊攀附，
同時，認清那些我們攀附的
東西，也像自己一樣

必定會消失,必定會顯示出這一切
只不過是一面易倒易塌的牆,
必定會形消影滅,回歸
塵土。
因為我們所有的昨天和所有的明天
都必定會在一種天下無物可以永保
不衰
的共識之下,達到
巔峯極點,
每一個白天與白天
都等長,然卻沒有黑夜
那麼長。

IVY ON A WALL

Ivy clings as people cling
To find a place wherein there is
    strength and power to sustain.

When pain comes and all that we
    have wrought for ourselves
Crumbles and falls and fails,
And we find ourselves beneath a
    trail of tears that cannot ease
The terror of the night and the
    white silence of loneliness,
Then we, as the ivy,when
    once the wall crumbles and

```
                disappears,
        Must look to the way we have
                held fast, to that which
                        also, as we,
        Must have an end and show itself as nothing more
        Than a wall so easy to fall,
        And waste away and return
                to dust.
        For all our yesterdays and all our
                tomorrows must come to
                        a climax
        In the certitude that nothing can
                stay,
        And each day is as long as the
                next day but not as long
                        as the night.
```

———Ben Millet

　　這是一首自由詩，詩行的排列，與詩想緊密的配合，有指導讀者欣賞的作用；同時也使詩人所要強調的觀念，藉著特殊的排列，得以更形突出。

　　此詩首段開宗明義，把人與爬藤的關係以明喻的方式點出（as people cling）wherein 是指那個地方「表面」有力量，故以「蘊藏」二字把含在 wherein 中的意思譯出。

　　第二段是由兩句長句所組成。詩人的用意是以長句來模倣藤葉在牆上聯綿爬行不斷的形狀，希望藉文字排列，產生視覺上的效果。故第二段整段一大片寫了下來，有一氣呵成的爬藤氣勢。這種

以詩行的排列來模擬詩中主要意象的手法，在英詩中的圖象詩
（concrete postry）裏，是常見的。所謂 concrete，也就是詩行排列
具體化的意思。這種手法，在二十世紀歐美現代詩裏，也時常出
現。此詩並沒有圖象詩的企圖，但卻在恰當的地方，用了圖象詩的
技巧，以增加全詩內在、外在的關連，使其間產生張力，無論在意
義上或是視覺上，都配合無間，讓人激賞。

第二段的 pain，一般指痛苦，此處涵義稍廣，故譯為「苦
難」。wrought 是 work 的過去分詞，有精製、精鍊之意。trail of
tears 中之 trail 做名詞用時，意為小徑、縱跡。此處是指淚水流過
之痕跡，因 tears 是複數，故譯為「兩行淚水」。white silence 是
一種非常「詩意」的說法。silence 本無顏色，但卻有許多種象徵
意義：有些寂靜（silence）是安祥和平的，有些是悠遊自在的，但有
些則帶了一點恐怖的味道。此處的寂靜是指孤獨中的枯寂，與上一
句「黑夜中的 terror」平行對比，故譯為「蒼白的死寂」，以表示
一個人在失敗後，陷入孤立無援的「死寂」之中。

接下來的 look to 有注意，考慮，期待，預測，依賴等意思。
在此，從上下文觀之，有考慮預測之意。詩人指出，一旦「牆壁」
崩塌，依附著的爬藤或依附他人生存的人，都不得不注意考慮到以
前是多麼的依賴「外物」，而所有的「外物」，所有的「牆」，也
終有倒塌的一天。故譯文做「認識到」，希望把考慮、注意、及預
測三種意思都包括在內。

第二段的第一句很長，其文法結構如下：

When pain comes and (when) all that we have……
and (when) we find……，
Then we ……must look to the way we have……，
　　(we)(must look)to that which……must have an end
　　　　and(that which must)show itself
　　　　and(that which must)waste away……。

　　括弧中的字，在原詩中都省略了。其句式再簡化一點就成了 when……，then we must look to that which……，and that which……，and that which……。全句大意是講：當我們發現(1)苦難來到，(2)自己辛苦營建的一切全完了，(3)自己整天在淚水恐懼及枯寂的包圍下；那時，我們就像牆塌後的爬藤一般，要去認識反省一下，我們以前(have held fast)為什麼那麼依賴他人，要認識到許多東西（包括我們所依賴的對象），都有他的氣數(must have an end)，到頭來，也不過是像一面牆一般倒塌崩裂，回歸塵土。We must look to the way 一句是從爬藤或人的自我反省觀點來看。We must look to that 中的 that 是指「牆」或人所依靠的「外物」而言。爬藤與爬藤式的人，時時依賴外物，當然容易倒塌失敗；但 that 所代表的「牆」，也跟「我們」一樣(as we)也有一定的壽命，最後不得不回歸塵土。所謂「皮之不存，毛將焉附」就是這個道理。

　　第二段第二句是由集合複合句(compound complex sentences)所組成的。其中第一部分是複合句 For all (these) must come to a climax in the certitude that……。其大意為，人生前前後後的已知未知總會組合起來，到達巔峯狀態，然後，就是下坡了。certitude 是「確信」之意，在此的涵義是：既然凡人必死，那以往種種，未來等等，都將歸於空無，這是大家都「知道」都「確信」的事，也就是大家的「共識」；那就是天下無物可以永保不衰。所謂的巔峯狀態，就是指生命發揚到了最高點，以後，就是一步步的走下坡路了。故譯文用「永保不衰」四字，把蘊含在 climax 及 stay 兩字中的意思譯出；同時，用「共識」來譯 certitude，以與 our 配合。

　　第二部分句子原應為：each day is as long as the next day but (is) not as long as the night, 晝短夜長，或晝長夜短，本是自然之理，原用不著詩人特別強調。當然一年之中，也有晝夜時間相

差無幾或完全相等的時候。但詩中故意強調其不等，則有其象徵的意義。詩人在上句中寫到昨天與今天並無差別，反正都要歸於寂滅。

但一天的長短苦樂，卻是因人而異的。也許在「外表」（也就是「白天」時）大家都差不多；但到了夜晚每個人面對自己時，那種種苦難，就分外難捱了。因此在感覺上，夜總是比日長的。古詩十九首云：「生年不滿百，常懷千歲憂，晝短苦夜長，何不秉燭遊？」這種苦夜難熬的心情，是中外皆然的。

此詩開始，似乎只是專指爬藤與爬藤式的人物而言。但是詩思慢慢發展後，卻擴充至所有的人。而人所依附的「牆」，也從具體的外物例如金錢、靠山、不動產等等，轉變成抽象的功事、美名、成就，例如立功，立德，立言等等。人活在世上，明知難免一死，但還要繼續下去的理由，就是自以為找到一個能產生力量支持自己奮鬥下去的「地方」（place），也就是所謂的理想或抱負。但詩人對理想抱負的看法是悲觀的，所謂「三不朽」也是非朽不可的。到頭來只有長夜漫漫，伴人渡過一生。

詩人不斷藉文字排列的方式，來強調 disappears, also, as we ; to dust; a climax; stay; as the night 等等，就是要使全詩的主旨，在這些關鍵字的突出安排下，更能吸引或喚起讀者的注意。

人生在世，難免有悲觀的時候，本詩便是以抒發這種悲觀主義（pessimism）看法為主的作品，讀者讀後，慨嘆一番，也能達到藝術滌淨人心的作用。

沖淡憂鬱

穀倉之門（Barn Door）

穀倉之門

我們一起在散步，施麗雅和我

那天天氣很好

天空晴朗無雲。

就在我們左手邊

有一座老穀倉聳立在玉蜀黍田外。

我們駐足凝視

然後彼此互望一眼

心想要不要上前看個仔細。

我們走了過去。

敞開的大門把黑暗藏在身後

但却請來了陽光。

我們跟著也被請了進去。

我們停了下來，默默看著

那敞開的大門，並且悟到

人不也正是這樣。

他們把黑暗隱藏
請來陽光
以便沖淡憂鬱
沖淡他們隱密暗室中的憂鬱。

Barn Door

We were walking, Sheila and I.

The day was bright

Not a cloud in the sky.

And there on our left

An old barn rose up out of a field of corn.

We stopped and stared.

Then we looked at each other and wondered

If we should take a closer look.

We did.

The open door sheltered darkness

But invited sunlight.

We shared the invitation.

We stood and contemplated

The open door and decided

People are like that.

They hide darkness

And invite sunlight

To lessen gloom

In their secret, inner room.

-Theodore Steiner

這是一首抒情自由詩，不押尾韻，順著自然的節奏，偶爾有自然押韻的地方如 gloom, room。同時全詩也有許多聲音上的交響如 I, sky ； bright, left 等，還有許多 ed 聲音的重複雜杳，很適合高聲朗誦。

第一段寫主述者與施麗雅在田野中散步，看到一座老穀倉；第二段寫他們決定走過去看看；第三段寫穀倉的大門敞開著，遮住了倉庫裏的黑暗，但同時也引進了陽光，這現象惹起了主述者的感觸，從而有所領悟。他想，人不也正像這座穀倉一樣嗎？第四段接著第三段的轉折，寫人們隱藏自己的秘密就好像穀倉的大門把黑暗隱在身後一般。但秘密中多少有痛苦憂鬱的成份，通常是藏在內心深處，就好像藏在穀倉中最裏面最黑暗的房間一樣，需要有陽光來照耀，以便沖淡其中累積的濃重煩憂或不快。

全詩的寫法，是「觸景生情式」的。詩人看到外在的景觀，從中悟出與人的關係，以「類比」(analogy)的方式，將之說出，從而發現了存在於大自然（或客觀外在的景象）與人類活動之中的「共同眞理」。也就是因「物」而見「道」。

詩人用的手法，與中國所謂「起承轉合」的原則，十分相似。第一段是「起」；第二段則是「承」；第三段一「轉」，把穀倉敞開的大門與人類的行爲相互「類比」；最後一段是「合」，把人與穀倉密切的連接在一起。詩人所要描述的經驗，以及那經驗背後所包含的意義，至此已完全呈現了出來。

以詩論詩，這種手法可以十分單純，也可以十分複雜，運用之妙，存乎一心，千變萬化，難以捉摸。天才高逸的詩人，在運用

「起承轉合」法時，往往不著痕跡，自然天眞，完全看不出斧鑿之痕。「穀倉之門」這首詩，則停留在初級的階段，每一步驟都十分明顯，整個詩的企圖也不大，只是很簡單的把一個外在的客觀意象轉化成一種人生的認知而已。對初學英詩的讀者來說，這正是一首學習入門的好範本。

此詩的時式全都是過去式，故 The day was……譯成「那天」。contemplated 多半做「沈思」、「默想」解，但也可做「注視」解，這裏以譯成「默然看著」爲宜。decided 原意爲「決定」，但在此是有所領悟後所下的決定，故譯成「悟到」。

最後一段的英文應爲 They hide darkness and they invite sunlight to lessen gloom in their secret and inner room. 在中譯裏，我把「沖淡」與「憂鬱」兩個詞重覆了一遍，以加强其聲調上的呼應與廻響，因爲原句中的 gloom 與 room 是有押韻意圖的。

從這首詩，我們可以看出，寫詩的要素之一是細密而又獨特的觀察，對週遭的事物，一點一滴都不放過。在觀察中，放入自己獨特的感受，不要人云亦云；然後把外在的客觀景物與人類的經驗結合在一起，加以類比，產生明喻或暗喻，使自己所觀察到，體會到的眞理，生動的呈現在讀者的眼前。「Barn Door」這首詩就是建立在 People are like that 這個明喻(simile)上的。

千言萬語無一字

紅磚牆（Red Brick Wall）

紅磚牆

紅磚斑駁一面牆
時而似有千言萬語
時而又似一字全無！

我沈思默數
磚頭崩裂的隙縫
又注意到
地上碎裂的磚片。
好像應該能從其中
悟出些什麼才是。

我試著穿我心靈之針
以一些偉大輝煌的
哲學義理。
可惜，不是線太粗了
就是我的技術欠佳！

一面紅磚牆
如此而已！

不是嗎？

Red Brick Wall

Red bricks in a crumbling wall
Have much to say sometimes——and
Sometimes nothing at all!

Musing I count the gaps where
    the bricks have fallen
And note the broken pieces on the
    ground below.
It seems that I should draw some
    conclusion from all this.

I try to thread the needle of my mind
With some grand and glorious
    philosophic observation.
Either the thread is too big for the
    needle,
Or I'm not a good threader of needles!

A red brick wall
That's all!

Or is it?

—Eric Catford

這是一首不押韻的自由詩，句子長短不一，配合詩情需要而互有伸縮。第一段，主述者說他看到一面古老的廢牆。牆面斑駁，似乎有著悠久的史事，等著向遊人訴說，但又好像歷經滄桑，看破塵世，欲語還休，不著一字。全段由一集合句（compound sentence）所構成。red bricks 是主詞，have must to say 是動詞，and 之後的主詞省略，動詞原來應該是 have nothing to say at all，也省略了 have 及 to say。

第二段，主述者開始仔細的觀察那面廢牆並大發思古之幽情，認爲自已應該興古今盛衰之嘆。全段是由一個集合句及一個複合句（complex sentence）所構成的。第一句是集合句中有複合句的形式。Musing 的主詞是 I，原來應爲 I muse and I count 或 I muse and count。conclusion 本意爲「結論」，在此處則引伸爲發「感慨」之意，指主述者在對景抒情中，別有一番領悟。

第三段，承接第二段，主述者開始搜索腹中古今詩人名句佳篇，以便形容品評眼前的景色，或發揮議論，或闡眞理。to thread the needle of my mind 乃「運用智慧克服難題」之意。用「哲學思想的線」穿充滿了創造力的「心靈之針」，然後把眼前的風景連綴成一片有深度有意義的錦繡。observation 本爲觀察之意，在此有評論，議論，研究成果，……等等意思。所謂「哲學議論」當是指富哲學性的嘉言，金句，妙文，而不是純粹的哲學論著，故翻譯成中文裏的「義理」。可惜，主述者前思後想，枯腸已盡，仍未想出什麼恰當的典故成語來狀眼前之景。紅牆就是紅牆，本無需什麼文字上的外在裝飾。

以哲學性的議論（或警句，典故）爲「線」來穿心靈之「針」，是暗喻（metaphor）的運用。這在英詩中是常見的。詩人不必說明心靈如何像「針」，思想如何像「線」；只消把「線穿針」的動作，與「思想和心靈間的交互作用」對比，意思便可明白。思想在心靈中反覆索尋，驟的電光一閃，豁然貫通，其樂趣有

如縫衣穿針，一旦穿過，妙手縫綴，錦繡立刻展現；正如思想一通，佳句妙篇，也就傾刻而成。這種對比式暗喻手法的好處，是在能夠把比較抽象的心智活動，或其他屬於概念性的辯證，轉化成生動具體的意象，使讀者很容易的就掌握住其本質及活動，把詩人心中想表達的情思活潑的展現了出來。西方詩人，多喜用這種手法，尤其是十七世紀的玄學派大師。

第四段，一反前面的敍述，主述者以一種新的觀點來面對紅磚牆，既不形容描寫，也不硬從中汲取「哲學性的教訓或寓意」，紅磚牆只是紅磚牆罷了。

到了第五段，詩人由把前面所發展出來的詩情，再加以轉折，以一個問題的形式結束了全詩：難道紅磚牆眞只是紅磚牆而已嗎？全篇至此，主旨方才顯現。此詩第一段，介紹紅磚牆；第二段，認爲應該從破敗的紅磚牆中汲取一些哲理；第三段，發現雖經苦思但也不易隨便找些哲理來穿鑿附會；第四段，終於體認到，紅磚牆的存在，本身就是一切哲理的最佳寫照，原不假外求，無需好事之徒吟詠歌頌或慨嘆惋惜，它在無情的時間中挺立已久，觀賞者不必自做多情；第五段，突然筆法一翻，巧妙的反問一句，眞的不必自做多情嗎？像上面這番「不必自作多情」的領悟，不正也蘊涵了一些哲理嗎。因此，紅磚牆眞的只是大自然中一面毫無生命，完全客觀的牆嗎？答案當然是否定的。

此詩的妙處，全在構思。詩人不願走他人走過的老路，隨便看到什麼古蹟古牆，就大發感慨議論。他筆法一翻，說想發感慨而發不出來。這在一般人，也是常有的經驗：登臨古蹟，但見石牆古堡氣象萬千，一時百感交集，竟說不出什麼話來。全篇至此，已到了山窮水盡疑無路的地步，所幸詩人筆鋒一轉，說紅磚牆只不過是一面無知的廢牆罷了，感慨與否，根本對它毫無影響。這一層領悟，對讀者來說是略嫌玄奧了些，於是詩人以反面的筆法，用一句問話來點醒讀者，讓讀者自己去思索尋找，並玩味全詩的主題，從而體會

到「不去刻意在古蹟中追求哲理」本身，也是一種哲理。

讀罷全詩，令人想到蘇東坡的詩

廬山煙雨浙江潮，未到千般恨未消，

及得到來無一事，廬山煙雨浙江潮。

只是坡翁詩法高妙，結尾無須再加一句：「不是嗎？」來提醒讀者罷了。

異鄉之歌

異鄉人（The Alien）

異鄉人

從橋下隔河而望
那城市顯得遙遠而陌生。
往橋下我游目四顧
突然覺得心情好了許多。

燈火打著熟悉的招呼。
迤邐而行跨過大地的摩天高樓
正是人類及其智巧的痕跡。

而長橋不動聲色的坐著，無感不覺的坐著。
黑夜小心謹慎的從西邊爬了過來，
我靜觀其蛇信似的觸鬚化成濃濃黑影
覆落在大地之上。
黑幕緩緩低垂，燈火迅速亮起
大通景中，我不知道該如何去
消愁解憂，
我站在那裏，感到孤獨無依。

說不定遙遠而陌生的正是我自己。

The Alien

From under the bridge and across the river
The city looked alien.
From under the bridge I let my eyes wander and
Suddenly I felt better.

Lights spoke familiarity.
Buildings against the sky trailed astride the land
Traces of men and their ingenuity.

The bridge stolidly sat, unmoving.
Night crept cautiously in from the west,
And I watched its first tentacles become solid shadows
Over the land and I wondered how
    in all this panorama
Of slowly descending curtains and quickening sparkles
To light up the gloom,
I stood there and felt alone.

Perhaps I was the alien.

——Robert Abrams

　　Alien 做名詞解是「外國人」或「外星人」的意思，也可當「異鄉人」解。在本詩中，則是指精神上的異鄉人，與地理或國籍無關。詩人寫此，並非無情，但却能以無情的筆法來寫，結果則顯得更有情了。

　　此詩首段說主述者離開自己居住的城市，在河邊公路的大橋下，隔河望自己居住的地方，忽然興起遙遠陌生的感覺。現代人居住在城市中，往往只熟悉其中一部份；一旦從較遠較全面的角度來看自己的住所，反而產生了陌生不安之感。looked 爲不及物動詞，做「看起來」或「顯出……樣子」解；alien 則爲形容詞。

　　不過，這種陌生不安之感，一下子又減少了許多。原因是，當主述者在游目四顧時，發現了不少熟悉的景物。I felt better 就是指先前的陌生不安之感，緩和了下來。

　　第二段講心情變好的原因。一是城市的燈火初上，使他如見老友；二是城市高低的建築，代表了人類文明的成就。Lights 指城市的燈火，包括霓虹燈。spoke 爲 speak 的過去式，在此做「招呼」或「聯絡」解，例如 to speak a passing ship，就是「與經過的船隻打招呼或聯絡」之意。當然，如果我們從「擬人法」的觀點來看的話，那點點燈火，忽明忽滅，正好像在訴說事情一般。

　　against 爲「襯托」之意，指摩天樓高聳入雲，以天爲背景，。frailed 是不及物動詞，指建築物櫛次毗鄰，蔓延了下去，橫跨過大地。Traces……是同位語，來說明 buildings 是人類文明智巧所遺留下來的「痕跡」。

　　第三段講人類文明固然可觀，不過，因過份工業化的結果，反而使人成了孤獨的異鄉人，彼此無法溝通。在此，主述者以水泥大橋爲象徵，指出橋雖是人與人或人與城市之間的溝通媒介，但因此工業水泥大橋本身無感不覺（unmoving）遲鈍麻木（stolidly），故根本無法擔任溝通的工作。而此時黑夜如蛇從西爬行而來（crept），吐著蛇信（tentacles），蛇信的影子，終於覆蓋了整個大地。此處詩人雖沒有明白的把黑夜比喻成蟒蛇，但從他選用的字便可知他有意製造出黑夜如蛇，無聲無息爬過來的效果。

　　第三段的第二句是一個多重複合句，其條理如下：

Night crept in and I watched its tentackes become shadows and

I wondered how to light up the gloom, I stood there and felt alone. watched 是感官動詞，故 become 用原形。gloom 有「黑暗」或「苦痛」的意思。light up 則有「照亮」之意。light up the gloom 可做驅除黑暗，消除煩憂解。solid 意爲「實心」「實在」，solid shadows 做濃重的陰影解。

Panorama 是指繪畫中的大通景，在河邊看城市，全景一覽無餘，有如大壁畫一般。curtains 是指「夜幕」，夜幕低垂（descending）是緩慢的（slowly），而燈火亮起（sparkles）却是快速的（quickening），用對句的形式可把「緩慢」與「迅速」的對照表現出來。

主述者站在橋下，見暮色蒼茫，自遠而至。大橋無情，黑夜陰沈，燈火雖亮，但亮處却非自己之家。他獨立在此百萬人口的大城邊上，無依無靠，頓生孤寂之感。想到這裏，主述者忽然意思一轉，反身求諸自己，認爲與其抱怨城市太「遙遠陌生」，還不如先問問自己是否太孤癖，不合羣；自己先成了精神上的異鄉人，才會感覺到整個城市、整個大衆是陌生而不可親的。詩情從抱怨外物一轉爲反省自己，深得詩家溫柔敦厚之旨。

此詩從「遠取諸物」，到「近求諸己」，發展得十分有條理。橋的意象也選擇的很恰當，其象徵意義含蓄不露，尤其可圈可點。全詩主旨在說明工業文明使人失去了他在社會上的認同力，成了精神上「異鄉人」，在面對自己熟悉的城市時，有的則只是流浪式孤獨感而非鄉土式的親切感。人除了責怪工業文明之餘，也應該自我反省。因爲，凡此種種還是人造成的呀！

註：

　　日本詩人堀口大學有詩云：「在生我的國裏／反成爲無家的人了。沒有人能知道罷——／將故鄉看作外國的／我的哀愁。」堀口的詩，或可爲上述所謂精神上的異鄉人，做一註腳。

英美
民歌童謠

倫敦塔橋全景

憨不提蛋不提

——釋一首英國童謠（Humpty Dumpty）

　　美國「水門事件」爆發，迫使尼克森下臺之後，影星勞勃‧瑞福（Robert Redford）將此事的前因後果，找人編成電影腳本，出資製片，並親自主演，一時震動美國，轟動世界。在報章雜誌競相談論下，片子不但賣座，而且還提名本年度的奧斯卡金像獎，眞可謂名利雙收。

　　此片在臺灣上演時，譯名「大陰謀」，廣告上對「水門事件」隻字未提，連片子的英文名字「All The President's Man」也沒有標明，弄得不明究裏的人，還以爲是一部普通的間諜警匪偵探片。結果是賣座不佳，早早下片。這種現象，十分令人納悶。因爲片商再不懂得宣傳，也不應該把轟動世界的「水門醜聞」這幾個字漏掉。大家反應如此冷淡，也許與廣告宣傳不當有關；也許是因爲大家對政治的興趣不大，「水門事件」又是美國的玩意，當時旣不切身，現在又早成過去，不值得一看。

　　有關電影的發行，我沒有能力討論；至於觀衆的興趣，我也沒有辦法討論；能討論的，只有名子的譯名和廣告。不過，在現代社會中，廣告是一門大學問，個中千秋，非外人所能知。我對廣告是外行，沒有資格討論；剩下來的只有譯名的問題了。

　　「大陰謀」當然是受近兩年來電影片名中「『大』字水災」的影響，無論是國片也好，西片也罷，都已到了無「大」不成「影」的地步。在這樣的水災之中，「大陰謀」隨波逐流，是情有可原的；

但是，如此一來，原片名的巧妙含蓄以及運用典故的用心，也就跟着盡付東流了。All The President's Man 直譯，則成「所有總統的手下」，也就是「總統手下所有的人馬」之意，以此做爲電影片名，對中國人來說，當然容易令人莫「名」其妙。可是英美觀眾，一看這個片名，一定會發出會心的微笑。因爲「All The President's Man」源出一首家喩戶曉的英國童謠，那就是人人都能朗朗上口「憨不提蛋不提」(Humpty Dumpty)①，其詞如下：

> Humpty Dumpty Sat on a Wall:
> Humpty Dumpty had a great fall.
> All the King's horses and all the King's man
> Cannot put Humpty together again.

一八七一年，《愛麗絲夢遊記》(Alice In Wonderland)的作者路易斯凱羅(Lewis Carroll)出版夢遊記的續集《愛麗絲鏡中歷險記》(Through the Looking-Glass)時，還特別爲「憨不提蛋不提」專立一章（第六章），以上述童謠爲底本，讓愛麗絲奇遇一番。路易斯凱羅所錄的童謠，與別的本子在最後一行上，有一點差別：

> Couldn't put Humpty Dumpty in his place again.②

together again 變成了 in his place again，「無法使之還原」變成了「無法再將之送上牆」，這表示凱羅較重視憨不提蛋不提無法再恢復原來的地位這個事實；其中除了道德的寓意外，還加上了政治的暗示。不過，再怎麼說，這兩句在整體意義上的差別，都不太大，若要翻成中文，則可將兩種不同的本子綜合譯出如下：

> 憨不提蛋不提坐高牆：
> 憨不提蛋不提摔下牆。
> 國王殿上人，國王殿下馬
> 統統難把憨不提蛋不提還原送上牆。

憨不提蛋不提到底是一個什麼樣的人物呢？為什麼摔下牆後，舉國上下的人馬都無法救他呢？其實說穿了一點也不稀奇，原來那蛋不提先生竟是一個巨大無比的蛋。根據愛麗絲的觀察，這蛋不提先生除了有手一雙腳一對之外，其他身體部位渾然成一蛋形，分不出哪裏是頭，哪裏是脖子，至於胸與肚子的分界，更是無從辨別，他有一張大嘴，微笑時，嘴角一動，便會碰到了兩邊的耳朵。愛麗絲一看到他笑就擔心：

「他若是稍微再笑大一點，那他的嘴角就要在腦袋後面相遇了」，她想：「到時我不知道他的頭會變成什麼樣子！我恐怕會整個掉下來吧！」③

在路易斯凱羅筆下，憨不提蛋不提是一個剛愎自用、驕傲非凡的鷄蛋人。人家說他長得像蛋，他就勃然大怒，斥責一般人都是「見與兒童鄰」④的傢伙（have no more sense than a baby！）。他問愛麗絲叫什麼名字，知道後又批評她的名字好蠢：

憨不提蛋不提不耐煩的問：「這名字是什麼意思？」
「名字一定要有意思嗎？」愛麗絲懷疑的反問。
「當然要，」憨不提蛋不提乾笑道：「我的名字就表示我的形體──又英俊又健美。像妳那樣的名字，妳幾乎可能成為任何形狀。」⑤

由此可見，蛋不提還是一個沒有自知之明的人。愛麗絲問他為什麼一個人坐在那裏？他想想，傲然答道：「因為沒人和我在一起」，答畢，還抱怨這個問題太簡單，叫她要問難一點的。愛麗絲擔心道：「你不認為坐在地上安全點嗎？……那牆可是太薄了！」「你問的謎語太簡單啦！」憨不提蛋不提咆哮着：「我當然不以為這牆太薄！假如我真的摔下──這是絲毫沒有可能的──不過假如我真的──」……「國王已經答應我過──嗯，你要擔心就擔心好

了！妳沒有想到，我眞會把那事說出來吧？國王已經經答應我過
——親口答應——要來——」。愛麗絲心直口快，依照她在家學會
的這首童謠，把憨不提蛋不提最後遭遇，脫口說了出來，弄得蛋不
提大氣大叫，說她一定是偷聽來的。嚇得愛麗絲連忙解釋說，是從
書注本上看到的。

　　「哦！是的，他們會把這種事寫到書裏去的，」憨不提蛋不提
的聲音顯得平靜了些，「這就是大家所謂的歷史。」

　　故事到這裏，其中含有的政治隱喻，已經昭然若揭。此地，路
易斯凱羅可能用蛋不提來暗示一般趨炎附勢的政客，位高而危，脆
弱不堪。因爲蛋不提也像所有的政客一樣，是個善於玩弄言辭的傢
伙。他問愛麗絲：「妳說過妳幾歲？」「七歲零六個月」愛麗絲答
道。「錯！」蛋不提勝利的叫道。他狡猾的辯解說，他只問她「說
過沒有」，並沒有問她「幾歲」。弄得愛麗絲悶聲不響的，氣了老
半天。

　　此後，他與愛麗絲又做了許多奇怪的問答，不斷的顯示出他的
無知與剛愎。例如他建議愛麗絲長到七歲半就可以了，不必再長。
愛麗絲答道：「一個人的成長是不可避免的。」蛋不提却堅持：
「一個人不能避免，也許，」……「兩個人一定就可以」。這簡直
是獨裁者「愚民政策」的宣言了。他與愛麗絲討論生日禮物時，又
露出他的貪婪。他認爲「非生日禮物」（un-birthday present）比
生日禮物好，因一年有三百六十五天，三百六十五減一等於三百六
十四，三百六十四份非生日禮物當然比一份生日禮物要來的好。他
嘲笑愛麗絲只要生日禮物是愚不可及的，但却又不會減法、不會心
算，他要愛麗絲寫在紙上給他看，却又看倒了，充分的暗示出，蛋
不提像一個要禮物而又不懂數字的貪官。他頭上或脖子上那條被愛
麗絲誤認爲腰帶的領結，就是白王與白后（White King and
Queen）所送的「非生日禮物」。

　　蛋不提對「光榮」（Glory）的解釋是「在議論上贏得壓倒性的

勝利」。愛麗絲反駁他，他卻強詞奪理的說，一個字只要我用了，那個字的意義就由我來決定，不能增減一分。我要它有多少意義，它就有多少意義。當然，我也不能白白利用他們，在付工資時，我會多付一點的。這些字通常都是星期六晚上來領薪水的。連文字都由他左右，供他驅使，而且還按時領錢，這不是獨裁又是什麼？接着，他又向愛麗絲誇說他的博學與詩才，解釋了一大堆怪字，背了幾十行怪詩。背完之後，他忽然向愛麗絲說再見，弄得她措手不及，心中納悶。

　　事實上，蛋不提在和愛麗絲說話時，一直是眼觀前方驕傲非常的，他甚至連看都不看她一眼。愛麗絲只好伸手迎上前去向他說：「再見，下次再見。」他卻回答：「真是要再碰面的話，我一定認不得妳了」，說着伸出一隻手指頭讓她握握，並開始批評愛麗絲的長像：「妳跟別人太相像了」……「……假如現在妳的雙眼都長在鼻子的一邊──嘴吧長在鼻子之上──那可能要好得多。」愛麗絲正要反駁，蛋不提把眼一閉，拋下一句「試了再說」，便不再理人了。愛麗絲等了幾分鐘，不見動靜，只好喃喃自語的走開，就在她離去的剎那，她身後傳來一陣巨大的碎裂之聲，響徹森林。

　　故事到此結束，憨不提蛋不提的命運與童謠中的沒有兩樣。但是故事發展的結果及原因，卻得到了新的詮釋。很顯然的，在路易斯凱羅的眼中，蛋不提的滅亡是由於他自己的無知與驕傲，只看得見別人的缺點，而不知自己的醜態；外加上他個性剛愎自用，愛玩文字魔術，對自己無益，對他人有害，有時簡直像獨裁者一般，叫人不敢恭維。如此的造型的角色，最適合象徵政治人物。因此，美國當代大小說家兼批評羅勃特・潘・華倫（Robert Penn Warren）在為他的政治小說取名時，便利用了這首童謠第三行的後半：All the King's Man 做書名。

　　《All the King's Man》出版於四十年代（一九四六），全書通過主述者傑克伯頓（Jack Burden）來鈎劃描寫一個美國南方州長魏利

斯塔克（Willie Stark）的一生，及其失敗的過程。華倫以政治題材為媒介，表現人性殘酷自私的一面，並探討了人與神、長官與部屬、父親與兒子、丈夫與妻子之間等等複雜的關係。作者以《All the King's Man》為書名，剛好可以暗示出魏利斯塔克的處境，與蛋形人有相似的地方。他，位高權重，為所欲為，儼然一個「坐高牆」的人物。書中其他角色，都是繞在魏利的權力範圍之內活動，屬於州長政治生態的一部份並賴以維生。可是，當魏利因本身內在的原因，而導致敗亡時，外在的權力結構，並不能挽救他。就像憨不提蛋不提摔下牆後，誰也無法將之還原。國王的保證，只是空言一句罷了。

「詩經」小雅北山一詩中有句云：「溥天之下，莫非王土。率土之濱，莫非王臣。」《All the King's Man》翻譯成《莫非王臣》，可謂正好。⑥

All the President's Man 是描寫美國總統尼克森王國的崩潰，把 King 換成 President 是再恰當也不過的了。尼克森東山再起，當選總統，後又連任，真是志得意滿，不可一世。他喜歡玩弄文字，玩弄權術，崇拜滿口髒話的巴頓將軍，極力伸張總統的權力，可謂目空一切，狂傲非常，惹得許多美國人都懷疑他有獨裁的傾向。及至「水門事件」爆發，全國震驚，他手下的人馬，有些來勤王，有些則開溜，可是無論勤王或開溜，都為時已晚。「水門事件」在他目中無人，掉以輕心的態度之下，錯失補救良機，使他說謊包庇的惡行，昭然若揭；弄到最後，成了眾矢之的，逼得他不得不自動辭職。總統的職位與權力，並不能保護他居高不墜，而所有總統的人馬，也不能挽回他摔碎的命運。觀其過程，正與憨不提蛋不提的遭遇相似。把尼克森與雞蛋人相提並論，熟悉上述童謠的觀眾，當然要發出會心的微笑。只要把童謠中的句子，換一個字，便可恰當的把事件中的味道全部烘托出來，妙絕天然，恰當無比。面對這樣的片名，譯者束手，也是當然的事。⑦

　　我覺得，學習一國的詩歌，必先從其傳統的童謠開始。也許不是每首童謠都有很深刻的意義，遣詞造句也不見得都很簡單，但在學習朗誦的過程中，卻往往最能夠使讀者了解該國語文的「個性」，從而與之建立感情。這是教科書與字典所辦不到的。語言的學習，可分實用與非實用兩種。學校教科書上所傳授的，偏重於實用，學生只學習到一些文法知識，沒有辦法與文字本身建立親切的感情。因此，學習成果總要大打折扣。而童謠的誦唱，偏重於感性方面，平常無事時，自然脫口而出，爲了唸童謠而唸童謠，充滿了音韻節奏的樂趣。久而久之，讀者對學習此一新文字新語言的感受力，漸漸增強，連帶的，會話能力也就隨之增高。因此，小孩從小學習童謠，長大後，自然而然會對他在語言方面的創造力與流利程度上，有很大的幫助。英美兒童從小必讀的《鵝媽媽童謠》(Mother Goose Nursery Rhyme)該是英詩課中不可缺少的教材。

　　童謠大部份都是音樂重於內容，有些只是隨口唱唱，根本無意義可言。不過，含道德教訓與諷刺社會現實的作品還是不少。「憨不提蛋不提」可謂訓誨諷刺兼而有之的佳作。童謠反映政治與國事，早在中國戰國時代就有。「吳王夫差時童謠」：「梧宮秋，吳王愁」就是例子。沈德潛註云：「國家愁慘之狀盡於六字中，不啻聞雍門之彈矣。」⑧至於「靈帝末京都童謠」：「侯非侯。王非王。千乘萬騎上北邙。」這當中的諷刺之意，就更明顯了。「後漢書」「五志行」：「獻帝初位，未有爵號，爲中常侍段珪等所執，公卿百官，皆隨其後到河上，乃得還。」⑨所謂非侯非王上北邙，就是指此。以現代的眼光看來，這又可被解釋成一闋死亡進行曲。其中深沉的荒謬感與悲劇感，足以比美任何現代文學作品。中國近代歌謠童謠的研究，始於五四運動之後的北京大學。《歌謠週刊》的出版，與童謠民歌的採集，成了轟動文壇的大事。近人朱介凡與婁子匡二位先生，在童謠的搜集及研究上，已有更進一步的成就，值得大家注意學習，並欣賞他們的成果。⑩

註：

　　①C. Brooks, J.T. Purser, R.P. Warren, ed. 《An Approach To Literature 》,(New Jersey, 1975)p.328.

　　②Lewis Carroll, 《Adventures In Wonderland 》, (New york, 1955) p.240.

　　③見註②，pp. 242-243.

　　④俞劍華編，《中國畫論類編》，華正書局，臺北，民國六十四年景印，頁五一：蘇東坡「論畫詩」：「論畫以形似，見與兒童鄰。」

　　⑤見註②，P. 241.

　　⑥朱熹集註《詩集傳》，臺灣中華書局，臺北，民國六十五年，頁一五〇。陳紹鵬及陳蒼多二位先生均譯爲「國王的人馬」。

　　⑦此片或可直接譯成「水門事件」，「水門事件始末記」或「水門罷官記」，「水門誤國記」。

　　⑧沈德潛編，《古詩源》，臺灣中華書局，臺北，民國六十二年，卷一，頁九。

　　⑨見註⑧，卷四，頁十二。

　　⑩朱介凡編著，《中國兒歌》，純文學出版社，台北，民國六十六年。婁子匡編，《國立北京大學中國民俗學會民俗叢書》四輯八十冊，東方文化書局，台北，民國五十九年。

附記：刊頭插圖爲路易斯凱羅的好友約翰·但尼爾（John Tenniel）
　　　　所作，版本甚古，十分珍貴。

憨不提蛋不提坐高牆，
憨不提蛋不提摔下牆。
國王殿上人，國王殿下馬，
統統難把憨不提蛋不提
還原送上牆。

青青故園草

——釋一首美國民歌

　　自從英國「披頭四」(The Beatles)的搖滾樂，征服了美洲，橫掃了歐洲之後，亞洲也跟着風靡了起來。多年來，勤奮吸收美國文化的台灣，自然也不例外。在此之前，美國流行音樂的聽眾，還僅限於唸過幾年英文，對歌詞似懂非懂的中學生與大學生；近幾年來，藉着廣播電視的媒介，已有普及到社會各階層的趨勢，幾乎達到，有人家就有美國流行歌曲的地步。在復興中華文化聲中，這種現象，形成了一個不大不小的諷刺。如果「言為心聲」，那歌就是心曲，一個國家的心曲，如果全被外國人的心曲所壟斷，那將是多麼可悲的事。所幸自從楊弦 提倡「現代民歌」之後，情況有了改變。能夠與時代人心相互呼應的新型流行歌曲，慢慢出現了。

　　我並不反對欣賞外國音樂，古典的也罷，現代的也罷，愛聽什麼，就聽什麼，誰也管不著，誰也不應該管。但是，上述態度，必須在一個條件下方能成立，那就是「懂得欣賞」，或是「有心學習如何欣賞」。任何一種藝術，在達到相當的水準之後，都不是漫不經心，就可領略其中的精髓的。在此我們暫且不談古典音樂，就以美國流行歌曲而論，其中深刻佳妙又能反映時代的，却也不少，實在不宜等閒視之。

　　當然有些人會說：「我們只是欣賞曲調而已，管他歌詞如何？消遣嘛，幹嘛那麼認眞？」其實，這樣的態度也未嘗不可。但我們要記住，演奏曲是演奏曲，有歌詞的歌是有歌詞的歌，二者不宜相

混。一首歌的歌詞，絕對不應該是大衣左邊一排多餘的鈕釦。歌詞應該與音樂化成一體，共同表達一個情境、意念。如果曲調本身就能自給自足，那就不需要歌詞來畫蛇添足，一個只知醉心曲調而絲毫不解歌詞的人，就好像隨便讓一個英俊或美麗的陌生人，跑到自己的體內，亂敲亂打一陣似的，其愚昧可笑之情，實在無法以筆墨來形容。

我這樣比喻，對不懂歌詞的外國歌曲愛好者，當然有點過份。但是，每當我們打開電視或收音機，就看到一些歌手，唱着連自己也莫名其妙的歌曲，亂做表情，丑態百出；而觀衆坐在沙發椅上，瞪大雙眼，根本不知道唱的是些什麼，居然也能夠擺出一付如癡如狂的欣賞態度，怎不令人噴飯？至於收音機，則更是囂張，日夜不停的播送一些美國排行歌曲，旣不問作者的背景，也不管歌曲的內容；反正人家流行什麼，我們便聽什麼，大腦的功能，可以暫停使用，把人變成了聽歌曲的機器，眞是荒謬無比。這種現象，眞是十分可怕。當音樂欣賞超出了音樂本身的範圍，變成了一種時髦的象徵，那無形中便會助長虛僞不實的風氣。

我並不認爲要欣賞外國歌曲，一定要先懂外文；但我卻堅決認定，要欣賞外國歌曲，必需要有誠懇的「學習態度」。因爲，言語知識的困難，是可以慢慢克服的，若沒有學習欣賞的精神，那所有的知識都是枉然。這不僅限於聽聽外國歌曲，就是聽本國歌曲也是一樣。聽衆沒有學習欣賞的精神，國語歌曲的素質江河日下，也是必然的。

詩歌合一，在東西雙方都起源甚早。在中國，詩經、楚辭、樂府，一直到宋朝的詞、曲，莫不可吟可唱，在當時則風靡天下，在後世則成爲經典之作。歐洲方面，希臘的歌吟詩人如荷馬，塞爾特人（Celt）的遊唱詩人（bard）與中古歐洲的遊吟詩人（minstrel）等，也都名震史册，影響巨大，承先啓後，重要無比。這些作品，不但表現了個人的獨創性，也反映了整個的時代；不但顯示了題材的普

遍性，也發揮了藝術的深刻性；是屬於大眾的，也是屬於個人的；
是屬於當時的，也是屬於後代的。

因此，民歌雖是民歌，但我們萬不可因取材造句樸實簡易，而
忽略了其藝術表現的深刻完美。當然，我們也無需硬在簡單自然的
民歌裏，過份誇大其藝術的艱深與成就。

「青青故園草」(Green Green Grass of Home)是一首美國民
歌，可歸入「抗議歌曲」之列，在六十年代時，由赫赫有名的民歌
手瓊‧拜雅慈(Jona Baez)唱紅，風靡世界。在台灣，也早已成了
熱門音樂中的一首老歌。然其詞意清簡，旋律優美，一直到現在，
還不斷的有人在模仿彈唱。可惜，多半人在唱的時候，只重發音，
不重詮釋，不但唱不出自己的風格，也唱不出歌的味道。把一首哀
而不傷，溫柔敦厚的抗議歌曲，唱成了輕鬆活潑的流行情歌，眞眞
令人氣短。特此將歌詞翻譯如下，以便介紹討論：

靑靑故園草

> 我步下了火車
>
> 但見故城風景依舊
>
> 來接我的是老爸和老媽
>
> 順路往下一看──瑪麗奔躍而來
>
> 髮絲金黃，唇似櫻桃
>
> 多好呵，輕輕碰觸那青青故園草。
>
>
> 老屋聳立如昔
>
> 雖然漆色剝落
>
> 屋旁有我常爬的老橡樹
>
> 我和甜美的瑪麗，一起步下小巷
>
> 髮絲金黃，唇似櫻桃

多好呵，輕輕碰觸那青青故園草。

真的！他們都會來接我的
手拉着手，笑容可掬
多好呵，輕輕碰觸那青青故園草。

之後我醒來，望望四周
四周圍我以冰冷的牆壁
於是我覺醒剛才只不過是做夢罷了
但見衛士一名，悲悽的隨軍老牧師一位
手挽着手，我們走在破曉之中
我將再次輕輕碰觸那青青故園草。

真的！他們都會來看我
在老橡樹的濃蔭之中
當他們把我安放於
青青故園草下。

GREEN GREEN GRASS OF HOME

The old home town looks the same,

As I step down from the train,

And there to meet me is my mama and my papa.

Down the road I look and there runs Mary

Hair of gold and lips like cherry,

It's good to touch the green green grass of home,

The old home is still standing

Although the paint is cracked and dry,
And there's the old oak tree that I used to play on.
Down the lane I walk with my sweet Mary
Hair of gold and lips like cherry,
It's good to touch the green green grass of home,

Yes, they'll all come to meet me,
Arms are reaching, smiling sweetly,
It's good to touch the green green grass of home.

Then I wake and look around me
To the cold walls that surround me,
And I realize I was only dreaming.
There's a guard and a sad old padre
Arm and arm we walk at day break
Again I'll touch the green green grass of home.

Yes, they'll all come to see me
In the shade of the old oak tree,
As they lay me beneath
The green green grass of home.

　　坊間翻版外國唱片，多不附歌詞，偶有附錄者，則誤謬連篇，
不能成句。民歌歌詞，原無一定，不同的歌手常常有不同的詮釋，
但整體上來說，字句上不會有太大的出入。上面所附錄的爲瓊・拜
雅慈所唱，詞句結構嚴謹細密，保存了原作從平易中見奇警的風
格，特此譯出，以便讀者欣賞。

　　此詞首段，十分簡單，敍述一個背景離鄉的人，重返故城，在

車站受到家人歡迎的情形。時間是現在式，地點是歌中主角家鄉的小火車站，人物則是來車站相迎的父母和妻子（或是女友）。全段以還鄉人的立場來觀察一切，感到風景人物統統依舊，他心中愉快，腳步輕快，欣喜無比的踩上了青青的故園草地。

第二段，敍述他回家以後的感覺。時間仍是現在式，地點是老家附近，一切雖然如舊，但卻有了微小的改變。例如老屋的漆色，就已剝落，失去了昔日的光彩。這是第一段與第二段不同的地方，雖然這個不同，並不明顯。

歌詞發展到第三段，情況有了突變。時間從現在式改成了未來式。「眞的！他們都會來接我」一句，表示了主角此時還在火車上，或在異鄉準備搭火車的時候，幻想著回家的種種美好情景。

在第四段中，上述的突變，繼續加強加深，把剛才種種發生在現實世界上的事情，全部推入了夢幻當中。所有車站、家人等等事情，全屬子虛烏有。此刻主角正從夢中驚醒，發現自己躺在一個四面都是牆的屋子裏。此段中的後三行，是整篇歌詞中最複雜，最重要的關鍵。一個人躺在四面是牆的屋子裏，怎能看到外面的情形呢？他爲什麼躺在一個四面是牆屋子裏呢？犯了法嗎？既然是衛士和軍中牧師與他在一起，那主角的身分一定是軍人了。他犯了軍法被判了死罪嗎？不然怎麼會有牧師同行呢？如果第一段到第三段的情節都是虛幻的夢想，那第四段應爲眞眞實實的現在式。主角在「破曉」之前，夢醒了，黑夜雖然已過，但他發現自己，仍被關在牢房之內，警衛和牧師前來，押他走上刑場。但最後一句：「我將再次的輕輕碰觸那青青故園草」，把前面的推論都否定了。因爲，如果主角夢見回鄉，那他做的夢的地點，一定不是他的家鄉。一個要在異鄉被處決的人，怎會「再次輕觸」故園草呢？故此段的懸疑，必須等到第五段看完後，才能做結論。

第五段一開頭，又是一個改變。「他們都會來接我」，被改成「他們都會來看我」，「接」被改成「看」，意義便大不相同了。

至於最後兩句一出，所有的情形又一變，使得眞相大白。原來，主
角是一名陣亡的兵士，屍骨由牧師與衞士，運送回鄉，埋在老家旁
的老橡樹之下，埋入靑靑故園草之中。一「接」一「看」，頓有生
離死別之分，歌詞至此，又將第四段中所建立的眞實世界推翻，把
讀者帶回到一個更殘酷無情的現實世界，，或更進一步，進入鬼魂
的世界，面對死亡。

有了第五段的指引，第四段的種種問題，便迎双而解了。四周
都是冷涼的牆壁一句，是指棺木；破曉之前的黑夜，暗示戰爭；晨
曦本身，則是和平的標誌。可惜一切至此，都已太遲，生者已死，
而戰後出現的和平，主角也根本無法享受，他只有在靑靑草地之
下，靜靜的旁觀了。

「靑靑故園草」雖是一首民歌，但使用的手法卻十分詭譎，內
容時間的背景，一再變化，把讀者引入一個撲朔迷離的幻境，最後
才突然點出眞象。在此讀者方知，全篇的主述者，只是主角的亡
魂。可見純樸雖是民歌的特色，但其中也可能有高度藝術技巧的運
用，例如漢朝樂府民歌「戰城南」，也用了十分類似的手法，藉亡
魂之口，道出了對戰爭的厭惡及對和平的需要。其辭如下：

戰城南，死郭北，
野死不葬鳥可食，
爲我謂鳥：「且爲客豪，
野死涼不葬，腐肉安能去子逃。」
水深激激，蒲葦冥冥，梟騎戰鬥死，駑馬徘徊鳴。
梁築室，何以南？何以北？
禾黍不獲君何食？
願爲忠臣安可得？
思子良臣，良臣誠可思。
朝行出攻，暮不夜歸。

「戰城南」屬於漢朝的鼓吹鐃歌十八曲，郭茂倩「樂府詩集」及沈德潛「古詩源」均有錄載，雖然其中字多訛誤，但屬於漢朝民間作品，當無疑問，能夠入樂歌唱，也是不爭的事實。此歌以亡魂的口吻，敍述戰爭的慘烈，農民的冤死，以及對忠臣的嚮往，和平的渴望，悽厲動人，深刻異常。在這一點上，其創作的精神與手法，與「青青故園草」是一致的。

「青青故園草」這首歌詞，在創作的手法上，可能並不新鮮，但其運用這種手法，所達成結構上的完美與意義上的深入，卻是獨樹一幟令人驚訝的。我希望，藉著本篇的分析，能夠吸引更多的人，在本國的或外國民歌的藝術上，潛心研究，並介紹出來，以為今後有心從事歌詞創作的人士，做為借鏡。

綴錦畫

〔1〕

　　自從楊弦把余光中的詩，譜成歌曲，舉辦演唱會，並且出版專集唱片①，「現代民歌」一詞，便開始不逕而走，受到廣大年輕人的喜愛。不久，我們便看到「中國現代的民歌」演唱會破土而出，盛況空前，有才氣的青年，從四面八方不斷崛出，自彈自唱，自譜自寫，抒發這一代的心聲，叫人振奮不已。②

　　中國現代的民歌的興起，除了受壟斷電視廣播的流行歌曲刺激外，從對西洋流行歌曲盲目的崇拜裏驚醒自覺，也是一個重要的因素。要知道，本地的流行歌曲，固然多虛偽靡爛、抄襲重覆的作品；西洋流行歌曲中，同樣地也多是庸俗幼稚、卑賤無聊的東西，其中惡劣者，比此間的流行歌曲，簡直是有過之而無不及。

　　十多年來，許多人從輕視本國流行歌曲，轉而崇拜西洋流行歌曲，以表示自己進步時髦。同樣是俗不可耐的詞句，好像用外文唱出來，就顯得飄逸不羣，高雅脫俗。這種幼稚的心理，實在要不得。事實上，西洋流行歌曲和聽衆，也分層次的。例如我們這邊電視上流行過的奧斯蒙兄妹歌唱節目，在美國的主要對象不過是小學生與初中生而已。雖然該節目在近年來，開始改變型態，但大學生還是不屑一顧的。而此間的電視居然將之捧入黃金檔，屢次重播，實在是怪事，叫人百思莫解。

　　老實說，西洋流行歌曲不入流的很多，聽眾沒水準的也不少。
他們水準較高的聽眾，視那些惡俗的流行歌曲，態度猶如我們這裏
卑視那些不入流的陳腔爛調一樣，都是避之惟恐不及的，有些嘶喊
過度的東西，與我們這裏的電子花車歌曲，實在沒有兩樣。

　　平心而論，我們的流行歌曲中，也有好的，曲調創新，詞意優
美，可惜大牌歌星不太注重選歌，或是沒有能力選歌，以致明珠美
玉，常遭埋沒，真是可惜。

　　認真說來，我們這裏的大牌歌星敬業精神，多半很差。他們只
知唱別人創作的歌，自己對詞曲的創作，却一竅不通，甚至唱他人
唱紅的歌時，也只知一味模仿，不能在其中注入自己的精神，唱出
自己的調子。作詞作曲者是藝術家，用聲音詮釋詞曲精神的人，同
樣也是藝術家。歌星而能成為大牌，是愛好歌曲的聽眾，培養支持
出來的。以敬業的觀點來看，這些歌星應該抱着「取之於觀眾，用
之於觀眾」的態度，不斷設法改進自己的歌藝。

　　歌星們應該有自我進修的態度，既然唱歌為自己帶來了以前所
沒有的財富，便應該利用這些金錢，不斷充實自己在歌唱及音樂方
面的知識與素養。以前因環境與知識的限制，不知道去學習樂器或
沒有錢去學習樂理，現在可以用所賺來的錢，補償自己在這方面的
缺憾。以前一直唱人家的歌曲，唱人家的心聲，在技藝純熟了之
後，也該考慮考慮，我自己有什麼話，要向熱愛我的觀眾唱出？我
自己有什麼經驗，有什麼思想，可以向眾人表達？我原應是一個能
獨立思考的個體，不是一個歌唱機器——我要以不斷提高自己在音
樂藝術上的成就，來抓住我的觀眾。

　　如果有百分之三十的紅歌星，能運用自己歌唱所得的百分之三
十，不斷充實自己的內在，而不是外表，則國內的流行歌曲水準，
必定會大大的提高。言為心聲，歌為心曲，希望大部份的歌星，都
應該有「能力」，唱出「自己的」心曲。

　　當然，我們不能要求每一個歌星，都達到上述理想，這是不可

能也是不必要的，因為好的詮釋家，也一樣值得尊敬。但我們却有權要求，大部份的歌星，都能擁有在音樂上求好求精，進而追求獨創的敬業精神。西洋歌曲裏，不入流的「白癡歌手」或「機器歌手」當然很多，但有思想、肯努力，才氣縱橫的一流人物，也不少。我願在此舉個例子，介紹他們這些有藝術良心的歌星與成就。

像鮑比‧迪倫或瓊‧拜雅慈這樣一流的歌手，我們暫且不論，就以名氣與才氣都遠遜於他們的凱羅‧金(Carol King)來說，她的表現，也足以讓我們的歌星借鏡。

〔2〕

凱羅‧金是美國六十年代末期，七十年代初期崛起的女歌星，聲音低沉甜美，旣能彈又能唱，旣能作詞又能譜曲，思想頗深，格調不俗。以她在台灣最流行的專集唱片「綴錦畫」(Tapestry)為例③，十二首歌中有七首是她自作詞曲，五首為她與別人合作，可說是從頭到尾，自彈自唱的，都是自己心血下所產生的結晶。

「綴錦畫」中的歌，在此間流行不衰的有 You've got a friend， It's too late， Will you love me tomorrow？ Where you lead， Tapestry 等五首，最受歡的是前兩首，比較不為人知的反倒是該專集唱片的主題歌「綴錦畫」。這可能是因為這首歌詞深意切，稍微費解的緣故。

近十幾年來，英美歌手作歌詞時，多喜歡引用文學典故，以加深歌詞的深度與廣度。凱羅‧金這首「綴錦畫」，也不例外。不過，她在運用典故的時候，十分小心，常常將典故溶入她的主題當中，加以再創造，故產生的成品，幾乎沒有典故的痕跡了。

「綴錦畫」是一首自傳式的抒情歌曲，而她所以用「綴錦畫」為主題意象，當與希臘神話中菲羅密拉(Philomela)的故事有關。這則神話在拉丁詩人奧維德(Ovid)所著的《變形記》(Metamorphoses)中有詳細的記載,可能是西洋文學中最早有關綴錦畫的故事。其大意如下:崔斯(Thrace)地方的國王特瑞阿斯(Tereus)強姦了王后波克尼(Procne)的妹妹菲羅密拉,因恐事發為天下人笑,遂割菲之舌,並將之軟禁。菲於是織「綴錦畫」一幅,述遇害經過,畫面栩栩如生,巧奪天工。圖成,陰使老婦,呈王后御覽,王后大慟,救得妹子後,餘恨未消,竟將獨子烹之,奉特瑞阿斯王為食,然後,携妹逃亡。特瑞阿斯察覺之後,發兵猛追。正在緊急關頭,兩姐妹得天神之助,一化為夜鶯,一化為燕子,雙雙飛去不見。一說,妹化為夜鶯,夜夜唱她悲苦的遭遇,聲音悽涼。一說,妹妹舌已割去,只能化為燕子,呢喃作聲。④

　　凱羅‧金此歌乃用象徵手法敍述她自己或別人的一段愛情遭遇,用「綴錦畫」為主題意象,真是十分恰當。況且,夜鶯自古便為詩人或歌者的代稱,詩而成歌,由作者自彈自唱,自然更加貼切。歌中的 My 或 I 不一定是指凱羅‧金本人,故在討論的時候,以「主述者」一詞來代替「作者」。因為說不定凱羅‧金在為他人抒情也不一定。

　　全詩譯文及原文如下:

綴錦畫

> 我的一生是綴錦畫一幅,彩色富麗而華貴
> 景象永恆不滅,畫面却不斷變幻。
> 一種織繡而成的魔術,綴以塊塊的藍色與金黃
> 綴成錦畫一張,可感可觀,但却無法擁有掌握。
>
> 有一次,從充滿軟軟銀色悲哀的天空中,
> 來了一個四處碰運氣的人,一個過路的流浪漢,

古銅的肌膚披着破爛不堪的衣服，
外加一件左右全是些黃黃綠綠的五顏六色大衣

他有點踟躕的彳亍着，好像不知道
他爲何而來？也不知道該往何處去？
偶然，他碰觸到一些金金亮亮吊在樹上的東西，
但是，手收回來時，却又空無一物。

不一會兒，在車轍縱橫的路上，在我的綴錦畫中
在一塊溪石上他坐了下，變成了一隻青蛙，
就像中了某人邪惡的魔法，
我哭着看他受苦，雖則我並不十分了解他。

當我哀哀凝望之時，突然那裏出現了
一綹飄飄長鬚，帶來一尊灰白似幽靈的人物。
每當這最黑最暗的時刻，我總看到他身着黑衣，
而此刻我的綴錦畫開始鬆解散亂；他却即時來到，把我
　　收了回去。

TAPESTRY

My life has been a tapestry of rich and royal hue
An everlasting vision of the everchanging view.
A wonderous woven magic in bits of blue and gold
A tapestry to feel and see, impossible to hold.

Once amid the soft silver sandness in the sky
There came a man of fortune, a drifter passing by.
He wore a torn and tattered cloth around his leathered

hide

And a coat of many colors yellow-green on either side.

He moved with some uncertainty, as if he didn't know

Just what he was there for, or where he ought to go.

Once he reached for something golden hanging from a
tree

And his hand came down empty.

Soon within my tapestry along the rutted road.

He sat down on a river rock and turned into a toad.

It seemed that he had fallen into someone's wicked spell

And I wept to see him suffer, though I didn't know him
well.

As I watched in sorrow, there suddenly appeared

A figure gray and ghostly beneath a flowing beard.

In times of deepest darkness, I've seen him dressed in
black.

Now my tapestry's unravelling; he's come to take me
back.

　　歌詞一開頭，主述者便把自己生命直接暗喻成一幅「綴錦畫」，多彩多姿，華麗豐繁。第二句則說，生命本身是多變化的，就像畫上的景物一樣，不斷的改換，然主述者對生命的憧憬（vision 一字或可譯爲「景象、夢想」），却是永遠不變。第三句，主述者又把生命暗喻成一種魔術（magic 在此又可譯成「魔幻般的美景」），一種神奇無比，織繡而成的魔術。把生命比成魔

術掛毯，當然是指其變化之多，常常出人意料之外，有如奇蹟，變不可能為可能，變可能為不可能。本此，該句後半段的藍色與金色，正好象徵了魔術所產生的效果：有好也有壞。因為金色通常是快樂富足幸運的象徵，藍色則是憂鬱不樂苦惱的代表。而主述者所謂的魔術，正是由金藍兩色交織而成，象徵着人生的興衰否泰。

在首段最後一行，主述者點出了生命這幅綴錦畫之所以變化多端的原由，是因為其畫只可感可觀，但却不能固定下來任人觸摸或掌握。因為時間世事不斷流逝，任何人也無法握持或擁有。

第一段，主述者確定了主題意象為「綴錦畫」，並闡釋其特性，說明為什麼「綴錦畫」可與生命相互比喻。從第二段開始，主述者便把重心移到畫中的一段故事。

Once 在此可譯成從前有一次，就等於 Once upon a time 一樣。the soft silver sadness 是指「灰雲」，有愁雲慘霧的意思。因為雲之本質是軟的(soft)，其色彩則常為銀灰（silver），鬱集在天空，有如悲哀一團。然後，從這團悲哀的雲霧中，走出了一個人。

A man of fortune 本意為富人，有錢人。可是 fortune 一字又可當運氣解。例如 try one's fortune 和 seek one's fortune，都是指「碰運氣」或「尋出路」的意思。故在此，A man of fortune 當是指一個四處碰運氣，靠投機或運氣發財的人。這種人，時而有錢，時而落魄，常常是起得快，跌得也快。現在他穿着破爛，肌膚粗糙，正是一副落魄的樣子。leather 是指皮革，hide 是指牛皮，而皮膚粗糙不堪，色如古銅色的皮革一般，這是久經流浪或長作苦工的結果。他身上穿的大衣也是五顏六色的，既髒又花，其中的顏色以黃綠為主，正好與主述「綴錦畫」中的金藍對比。

黃色在英美的傳統中，含有怯懦膽小而又嫉妒成性的暗示，讓人產生諸如不誠實，下流等等聯想；綠色則代表嫉妒，缺乏經驗等等負面的意義。因此，透過顏色，主述者與流浪漢的性格，有了一

個鮮明的對照。

第三段，焦點仍放在那流浪漢的身上，以他的行動，來點出他猶豫不定跼躕不前的性格。something golden 可能暗示金蘋果，也可能暗指希望幸福或前途財富。總之，在此段之中，這個流浪漢是一個徹底的失敗者，他既無能力決定他要走的道路，也無法把握即將到手的好機會，或金光閃閃的前途。

從第四段開始，事情有了變化。主述者與流浪漢初次有了接觸。此處主述者的「綴錦畫」開始變得疑幻似真，充滿了神秘的色彩。綴錦畫中，有一條熙熙攘攘佈滿縱橫車轍的道路，路旁有河，河邊有石。而那流浪漢竟一屁股坐了下來，坐在一塊溪石之上，而且還變成了一隻青蛙。這塊溪石是現實中的溪石呢？還是「綴錦畫」中的溪石？在此，凱蘿‧金處理的十分曖昧神秘，虛實交錯，朦朧如夢。那塊溪石，可以說是現實中的溪石，因為綴錦畫，原本是用主述者的生命織成的，所謂畫，只不過一個比喻罷了，一切畫裏發生的，都以現實為基礎。

在奧維德的神話故事裏，受騙的姐妹，變化為飛禽。在凱蘿‧金的歌裏，化為動物的卻是那流浪漢，他化成了蟾蜍一隻。這使人想起童話中，青蛙變王子的故事。可是在這首歌中，事情剛好相反，是王子變成青蛙，好像他是中了誰的魔法似的。究竟中了誰的魔法呢？歌裏雖沒有說，但卻有暗示。

童話中的王子，因為心高氣傲得罪了巫婆，被變成青蛙，吃盡苦頭，最後遇到好心的美女，遂能還原成人形。而歌中的流浪漢，卻是在「現實」或「生命」這個魔法師的捉弄之下，意志消沉，變成了一隻青蛙。當然，人變青蛙只是一個象徵，象徵一個抱負不凡的人在種種失敗，失去了奮鬥的勇氣，只求找一個地方安穩度日，好像一隻青蛙一般。此段變化，乍看突然，其實則與第一段中「生命」是「魔術」的比喻，是相互應合的。大意謂「生命」，或生命中的現實，能把一個傑出的人，變成你想像不到的樣子。

　　第四段的最後一行，含蓄的道出了主述者與流浪漢的關係。至於是什麼關係：情人？夫妻？朋友……歌裏並無說明。總之，主述者為他哀泣，可見兩者之間必有感情，然這感情又未到達同體同心的地步。因為主述者對他「並不十分了解」。不過，二者之間的關係究竟為何，並不十分重要，讀者可以自己的經驗與自由聯想，去補足其間的空白。總之，作者所要強調的是，兩個人之間，曾有一段緣份。而這段緣份，因男方的變化而告終了。

　　在第四段裏，又加入了一個新的人物，使主述者的生命也起了變化。在悲愁之中，主述者看到一個白鬚長長，黑衣玄玄的幽靈人物，驟然出現在她的眼前。雖然光線十分黑暗，但她仍能看清他的裝束，情景十分神秘，富有超自然的色彩。

　　此段之中，充滿了黑色與死亡的意象，那黑衣白鬚之人，簡直就成了死亡的化身。他來了之後，主述者的綴錦畫，開始散亂不成章紋，漸漸脫線散漫。至此，她才發現，他是準備來將她收回到寂滅之中去的。因為綴錦畫散掉，也就是生命的終結。

　　由以上的討論，我們可以了解，歌中的主述者，是利用綴錦畫的意象，來述說一個有關感情與死亡的故事：感情成為過去後，死亡也就乘虛而入。這當然不是說，愛情失敗，人就非死亡不可。從象徵的層次上來說，戀愛失敗一次，身上的某一部份，或記憶的某一部份，便也隨之死亡。全篇結構發展，可算得上是層層推進，細密有緻的。就拿顏色來說，凱蘿・金便很小心的從 rich、royal 發展到 blue、gold，再到 silver、yellow、green、golden，最後慢慢變成 gray、black，一直到 darkness 充滿了一切為止。這是一個從希望、失望到絕望的過程，最後死亡帶走了所有的東西，回歸到黑暗之中。

　　至於在押韻方面，凱蘿・金也不草率。全篇韻腳如下：AABB，CCDD，EEFF，GGHH，IIJJ，可惜譯文無法照樣譯出。不過，我的翻譯只是為求討論方便，達意而已，並非定本，高手如有

興趣重譯，當然是求之不得的事。

〔3〕

我如此不厭其詳的細論一首流行歌曲，定會有人認爲多事。但如果大家回想到，列爲五經之一的「詩經」，原是中國最早的一部民歌總集時，便可釋然。

我無意提倡或勸導大家都把歌詞寫的艱深難解，因爲這是不必要也不可能的事。但是我却要藉此提醒大家，歌詞的創作，同樣也是一種高深的藝術，只要努力認眞，其中也可以開出燦爛而永恆的花朵出來。「綴錦畫」在題材上是稍微個人化了一點，不過因其曲調甜美迷人，流行的機會還是很大。在這方面，有音樂相伴的歌，是比無曲調配合的詩要來得佔便宜。當然，歌曲題材的範圍還是應該廣闊多樣的，能抒發大衆情感及表達社會意識的作品，仍應爲通俗流行歌曲的主流。

新一代的歌手，在這方面早已有所醒覺，並領悟到眞誠而有技巧的表達個人一己之感情，與反應時代大衆心聲，是相輔相成一體兩面的工作，值得大家不斷努力探索下去。

註：

①楊弦：「中國現代民歌集」，洪建全教育文化基金會出版，民國六十四年，台北。余光中詩，楊弦曲。

②「中國現代的民歌」演唱會，由陶曉清策劃主持，民國六十七年七月十四日於台北中山堂擧辦，與會的歌手有黃曉寧、胡德夫、林詩煌、陳屏、楊弦、韓正浩、吳楚楚、朱介英、吳統雄…等多人。

③此專集唱片於一九七一年初版，兩年之間，行銷五百萬張以上。

④Edith Hamilton,《Mythology》(The New American Library of World Literature, Inc, N.Y. 1956), pp.270−271.

迷迭香與炸彈

漁港廟會／短歌行（Scarborough Fair/Canticle）

　　自從一九四○年代，美國刮起了一陣爵士音樂的狂風之後，漸漸的，以收音機、電視機以及其他各種音響設備爲主要傳播工具的流行音樂，便成了現代人發洩情感的管道之一。其影響之大，幾乎是世界性的，連蘇俄中共，也受到波及，從而不得不接受。

　　五○年代後，搖滾樂興起，成了美國年輕人文化裡的一張王牌。到了巴比·迪倫（Bob Dylan）出現，把這張王牌拿到手，加以變化，注入詩的內涵及批判精神，十數年間，一時名家輩出，從抗議歌曲一路發展到新文化運動，例如舊金山的文藝復興，使所謂美國的「新青年」（New Youth）有了思想的深度，使所謂的「搖滾的一代」（Rock Generation）有了精神的支柱。例如 Phil Ochs; John Sebastian; Manty Balin; Dino Valenti, Tim Hardin, Al Kooper, Smokey Robinson, Mick Jagger, John Lennon, Paul Mc-Cartney, John Phillps……等等；在這一連串閃亮的名字裡，除了披頭四的兩位團員外，其他的，對臺灣的歌迷來說，或許有點陌生；不過，在美國大學生或青年知識份子心目中，這些人都成了新一代的文化英雄。他們不但征服了美洲的青年，同時也征服了歐洲的。這對一直受到歐洲文化的影響及遙控的美國人來說，這無疑是一大精神勝利。

　　在眾多新起的文化英雄之內，賽門和葛方柯（Paul Simon and Art Garfunkel）是六十年代管領風騷的高手之一。他們的特

色是能寓深刻不凡的歌詞和思想於迷人悅耳的音樂之中。因此，其歌曲不但能討好一般大衆，同時也能吸引高級知識份子。這在競爭劇烈，人才輩出的美國，是十分不容易的。

國內的歌迷，對賽門和葛方柯二重唱，當不陌生。他們的「沉默之音」（Th Sounds of Silence），「長橋臥險波」（Bridge Over Troubled Water），「我是石頭」（I'm a Rock）……等名作，都是常常在街頭可以聽到的。不過，一般人聽他們的歌，多止於曲調而已，無法也無意進一步欣賞其內容。這種態度對一般泛泛的歌來說，並無大碍；但對眞有內容及藝術價值的好歌來說，未免暴殄天物，叫人於扼腕太息之餘，又禁不住啞然失笑。因爲，嘴上大唱其曲，而心中不解其意的行爲，倒底是無知幼稚的表現，不值得提倡。對無意於西洋歌曲的聽衆來說，聞其曲而不知其旨，並不可恥；但對喜愛或對西洋歌曲着迷的人來說，正確把握歌曲的精神便有必要。不懂或不了解，並不可羞，可羞的是缺乏努力學習認知的態度。尤其是那些一天到晚哼個不停，甚至於還上台表演的人，常常把嚴肅的歌弄得輕佻，把悲淒的歌唱成歡樂，眞是叫人啼笑皆非。在此，我願借賽、葛二氏的一首名作：「Scarborough Fair/Canticle」爲例，分析其內容及含義，以便提醒國內的歌迷，在聽西洋歌曲流行音樂時，亦要兼顧其歌曲肅嚴的一面。再者。這首歌在此間流行甚廣，不熟悉其歌詞的人也一定聽過其曲調，討論起來當可獲事半功倍的效果。

「Scarborough Fair/Canticle」這首歌，中文句可譯成「漁港廟會／短歌行」。「史卡布羅夫」是英格蘭約克郡（York shire）之東的一個小漁港。Fair 這個字本義爲小型的博覽會或市集、商展。史港是英國鄉下的小地方，很少與外界接觸，因此這種一年一度，或一季一度的買賣、雜耍、商展混合式的集會，至今仍然留存了下來。另外，Fair 也有美女或愛人的意思，一語雙關，故也可譯爲「漁港女郎」。歌中歌者殷殷托人向他住在漁港的愛人致意，

正好與此歌名相呼應。

　　Canticle 是常在教堂唱的頌歌，詞句多出自聖經，歌曲短而有力，輕快中帶着莊嚴的氣氛。

　　這首歌是一九六五年左右，Paul Simon 在英國民謠俱樂部巡廻演唱時，於約克郡附近發現了這首「漁港廟會」（或「漁港女郎」），覺得可以利用來表達六十年代美國青年對越戰的感受。因此，便與 Art Garfunkel 花了一年的時間，將此曲改編，加入一首類似 Canticle 的副歌，使之與「漁港廟會」溶合在一起，產生一種強烈的對照。這種合兩首歌爲一首歌的做法，可以稱之爲歌曲中的立體派，充滿了「後現代」的風味。現在，爲了翻譯分析方便，讓我們把兩首歌拆開來，分別譯述如下：

漁港廟會

　　假如你要去參加漁港廟會的話，
　　　（芫荽草，山艾草，迷迭香，百里香）
　　請代爲向住在那兒的她致意
　　她曾是我的真愛

　　叫她替我做一件棉布衣裳吧
　　　（芫荽草，山艾草，迷迭香，百里香）
　　沒有接縫也不需針線
　　如此她才算得上是我的真愛。

　　叫她替我找一畝土地
　　　（芫荽草，山艾草，迷迭香，百里香）
　　在齡鹹的海水與多灣的海岸之間
　　如此她才算得上是我的真愛。

　　叫她刈割那土地以皮帶鐮刀

（芫荽草，山艾草，迷迭香，百里香）

把刈獲的草料綑好成堆

這她才算得上是我的真愛。

短歌行

（在山丘邊，在深深的綠林裡）

（追踪雀跡在灑滿白雪的黃草地上）

（氈子，被單，山村之子）

（沉睡中聽不見號角的呼喚）

（在山丘邊，葉落稀疏）

（銀亮的淚滴濕乾乾的墳地）

（一個士兵把槍擦淨磨亮）

（戰爭的吼聲發自腥紅的營隊之間）

（將軍們下令，兵士們殺戮）

（爲了一個早已忘懷的目的而戰）

SCARBOROUGH FAIR/CANTICLE

Are you going to Scarborough Fair

Parsley, sage, rosemary and thyme

Remember me to one who lives there

She once was a ture love of mine.

Tell her to make me a cambric shirt

(On the Side of a hill in the deep forest green)

Parsley, sage, rosemary and thyme

(Tracing of sprarrow on snow crested brown)

Without no seams not a needle work

(Blankets and bedclothes the child of the mountain)

Then she'll be a true love of mine.
(Sleeps unaware of the clarion call)

Tell her to find me an acre of land
(On the side of a hill a sprinkling of leaves)
Parsley, sage, rosemary and thyme
(Washes the grave with silvery tears)
Between the salt water and the sea strands
(A soldier cleans and polishes a gun)
Then she'll be a ture love of mine.

Tell her to reap it with a sickle of leather
(War bellows blazing in scarlet battalions)
Parsely, sage, rosemary and thyme
(Generals order their soldiers to kill)
And gather it all in a bunch of heather
(And to fight for a cause they're long ago forgotten)
Then she'll be a true love of mine.

　　Fair 之所以翻成「廟會」是因為英國小漁港的這種市集，頗
似中國的廟口市集；之所以不直接翻成「女郎」，是因為歌詞開頭
第一句，在文法上是指地方或場所，而不是指人。這首歌的內容大
意是，一個人託他要去漁港的朋友，向他情人代致「問候之意」
（ remember me to ），請她製做一件沒有接縫也不需要針線功夫
的大棉布衣裳；此外，還請她在海灣附近找一塊地，把地上生長的
灌木、草叢，例如芫荽草、山艾草、迷迭香、百里香之類的，收割
綑好。至於他為什麼要自己的情人做這些呢？歌裡並沒有明白的說
出。不過，如果我們仔細分析歌詞的話，當可發現其真正的用意。

首先，最令人不解的，就是那件「沒有接縫也不需要針線」的大衣裳。到底是什麼衣服可以這樣製成呢？製衣之後，爲什麼要找一塊地；找到地之後，又爲什麼要把土地清理乾淨？土地上又爲什麼只長上述植物？

我們知道，那些植物都是烹調用的香料或草藥，其中「山艾草」Sage 又可做「聖賢」解；「迷迭香」則暗合了「忠實」、「貞操」、「記憶」等象徵意義。整個說來，這四種草多半生長在海邊，且與愛情有關，常常出現在英國古情歌當中。下面這首中世紀的民謠：「在一塊平扁的石頭旁」（By A Flat Rock）便是例子：

> 海岸邊，扁石旁
> 我愛曾經向我低語。
> 現在有野百里香依石而生，
> 旁邊還有一叢迷迭香。
> By a flat rock on the shore of the sea
> My dear one spoke to me. Wild thyme
> Now grows by the rock
> And a sprig of rosemary.

這首短歌，是回憶一段失落的愛情。過去，大大的扁石旁，有愛人的低語；現在，只剩下了野百里香和迷迭香，隨意生長。全篇落筆非常含蓄，如不細細體會其動詞時態之不同，根本無法瞭解當中的微言大義。事實上，含蓄不露，暗示豐繁，正是民謠的特色之一。在此，我們再來探討，歌者要愛人用鐮刀收割與愛情有關的花草這件事，便可發現，其中含有死亡的暗示。鐮刀這個意象，在西洋傳統中，一直是死神手裡的利器。藝術家及文學家，經常用農夫收割穀物或刈除野草的意象，來象徵死神之草菅人命，大量的收獲

死亡。十八世紀浪漫派大詩人華滋華斯（William Wordsworth
1770-1850），就根據這個意象，寫下了他的名詩「孤獨的刈麥
女」（The Solitary Reaper）。在詩人筆下，高原上獨自唱歌工
作的刈麥女，幾乎成了死亡的「美麗化身」。她一面歌唱遠古的戰
爭，日常的傷逝，還有瑣碎的憂愁及痛苦，一面用鐮刀收割成熟的
穀物，秋季的田野。這首詩，是英美中學課本中必選的，真可謂家
喻戶曉。由此可見鐮刀、收穫之與死亡關係之密切。至於歌中所言
的「皮帶鐮刀」，是指歐洲農人刈草用的大鐮刀，有皮帶可背上
肩，用的人可挺胸直步，一邊走，一邊左右擺動大鐮彎刀刈草。西洋
古典文學或繪畫中出現的死神，多半用這種鐮刀，以其收割得多且
快也。

　　明白這一點，歌中其他問題便迎刃而解。那件「有接縫也不需
要針線」的大衣裳是「屍衣」，是用來覆蓋死者的；而那塊地，當
然是來做墳地用的。全篇大意為，歌者（或是在遠方征戰的兵士，
或是出海打漁的漁夫）離鄉背井，擔心今生不能生還回家，重入愛
人懷抱，因作此歌，託友人轉告女友；請她代為準備後事。如果萬
一不幸，屍體不能回鄉埋葬，那她也應把他們的愛情，像收穫那些
香草香花一般，割取收集，捆而藏之。

　　保羅賽門聽到此歌，覺得可以反映六十年代美國參加越戰青年
的感情。因此，他以此歌為主，外加他自己創作的「短歌行」為副
歌，交錯唱出，使相關的詩行，產生對比與映照，以便顯出戰爭之
殘酷、愚昧及悲哀。

　　「短歌行」可分為兩段，每段都以「在山丘邊」起頭。第一段
是在述說「山村之子」無憂無慮的自由生活。冬天柏樹樅樹依然青
翠，白雪粧點黃草葉尖，地上有麻雀的踪跡，山谷有狂風在吹動，
山村之子或以追踪鳥雀為消遣，或以擁氈高臥為樂，聽不見任何
「號角的呼喚」。clarion call 是指軍號，也可指政客為了鼓吹戰
爭而以愛國等等理由為幌子的演講，嘩眾取寵，極盡煽惑之能事。

凡此種種，都是山村儉樸青年生活中所沒有的。

第二段，則寫無辜青年應召入伍後，在多雨的叢林中打仗。葉落稀疏，而兵士臉上的淚珠，也隨葉上的雨珠，落了下來，白閃閃的，發銀色的光，滴濕了墳地。wash 一字本當「沖洗」講，此處則有「弄濕了」的意思。原來應在山中睡覺或遊戲的山村之子。現在正擦着殺人的兇器。而戰爭如怪獸，發出巨大的吼聲。「腥紅的營隊」一句中的「腥紅」可指戰爭之血腥，亦指以腥紅色爲標記的營隊。最後兩行，大意爲將軍兵士都失去了理智，打一場目的不明，不求勝利的戰爭，毫無理想與主張，有的只是機械式的殺戮。

兩首歌交織在一起時，棉布衣對綠森林，香花香草對雪地上的雀跡，「屍衣」對「氈子，床單」，「愛人」對沈睡聽不見「軍號」，找「一塊土地」對「墳」上落葉，香花香草對墳上銀色的淚珠，……最後用「鐮刀」刈草對「戰爭」的狂吼，「sage」（有聖賢之意）對「將軍」，一堆割好綑好的「乾草」對一些早已忘卻的「目的」。讀者細心玩味上述對照，當可發現作歌詞者含蓄的地方，更可感覺到那經由對照而產生出來的諷刺意味。原來一首充滿傷感悲悼的民謠，經此一改，變成了一首「抗議歌曲」（song of protest），上接巴布·迪倫及瓊·拜雅慈的傳統。不過賽門與葛方柯的聲音，不像迪倫那樣淒厲，在傳達抗議時，他們二人的作風是比較接近拜雅慈的，常常在溫柔敦厚之中，表達深沈的抗議與哀痛。其調子是自省多於攻擊或控訴的。

賽門與葛芳柯在安排專集唱片時，常喜歡使之首尾呼應成一整體。收入「漁港廟會」的那張專集唱片中的最後一首歌，也是一首抗議歌曲，其唱法仍是寓淒厲抗議於溫柔敦厚的歌聲之中。這首歌叫「七點新聞報告／平安夜」（7 O'clock News/Silent Night），而其作曲之方式，與第一首一樣，是用兩種不同的東西組成一首歌。衆所周知，「平安夜」爲聖誕歌曲中最受歡迎的一首，充滿了安祥和平，爲天下祈福，爲衆人默禱，在神聖可親曲調中，透露出嚴肅

而又歡愉訊息。他們兩人在唱此歌時，背景配上電台七點鐘播報美軍在戰場上傷亡的新聞，聲音吵雜而不可聞，形成了下列的對照；㈠當今世界都在希求祈求和平時，戰爭與傷亡仍不斷進行著；㈡這個世界需要的是「平安夜」，而不是傷亡報告。因此，「平安夜」的和平正大的歌聲，超過了壓過了新聞報告的聲音；㈢新聞報告的內容，隱約可聞，但其結束時那聲 good night 卻是響亮的。因此與「平安夜」的歌聲對照下，產生巨大的諷刺。在戰爭消息連連傳來之時，人們哪裏會有什麼 good night？

舊金山日報的樂評家洛伏・葛利生（Ralph Gleason）在此專集唱片的後記中寫道：關於「七點新聞報告／平安夜」這首歌，「我不願在此事先透露其內容。當我第一次聽此歌時，但覺背脊發冷，眼中含淚。這是一篇對當今世界最有力的批判。」葛利生的感觸是敏銳的，他對「漁港廟會／短歌行」的評論，亦非常中肯：「除了歌詞非常詩意之外，賽門與葛方柯的樂曲尚顯示出其他優點。他們的歌結構精妙，細膩準確簡潔如碑文，於狂放之外，還有相當的節制。所有的音節調子，都經過刻意的安排，以便達到藝術家所想達到的目標。「漁港廟會／短歌行」中的副歌，就是例子。（兩首歌非常精妙的交織在一起）例如歌曲中暗含的抗議思想，一直是藉著電吉他的 bass 來傳達的。」由此可見，新一代的美國文化英雄，把出唱片看成像出書一樣重要。他們不但注意到要在唱片中表達自己的思想，而且也注意到如何以最藝術的手法將之做最恰當的安排，以便更有效的傳達給聽眾。他們不但在一首歌中要求藝術的含蓄及手法的完整；同時，更進一步，也要求整張唱片，是前後呼應的整體。

我第一次聽賽、葛的歌曲，是在臺北的街頭巷尾之間，但覺其弦律甜美，令人覺得有如身置迷迭香叢之中。後來有機會細味其歌詞，但覺在那溫柔的弦律之內，竟埋有現實生活的炸彈，驚人醒人，叫人反覆回味，仔細反省。詩家寫詩，常望能把知性與感性融

為一爐，讓讀者於感動之餘，進一步做知性的反省與思考。賽、葛二重唱的歌曲，既能動人以優美的弦律，還能傳達時代的心聲及對時事的批評；於詩於歌，都可謂解人，深得個中三昧，求之歐美當代藝人歌手，能達到這種境界的，實在寥寥無幾。

國立中央圖書館出版品預行編目資料

詩人之橋；英美詩歌賞析／羅青著. --初版. --臺北
市：臺灣學生,民77
面； 公分.
ISBN 957-15-0578-1 (精裝).--ISBN 957-15
-0579-X(平裝)

873.51 82007499

詩　人　之　橋（全一冊）

著　作　者：羅　　　　　　　青
出　版　者：臺　灣　學　生　書　局
本書局登
記證字號：行政院新聞局局版臺業字第一一〇〇號
發　行　人：丁　　　文　　　治
發　行　所：臺　灣　學　生　書　局
　　　　　　臺北市和平東路一段一九八號
　　　　　　郵政劃撥帳號00024668
　　　　　　電　話：3634156
　　　　　　FAX:(0 2) 3636334
印　刷　所：淵　明　印　刷　公　司
　　　　　　地　址：永和市成功路一段43巷五號
　　　　　　電　話：9287145
香港總經銷：藝　文　圖　書　公　司
　　　　　　地址：九龍偉業街九十九號連順大廈
　　　　　　五字樓及七字樓　電話：7959595

定價　精裝新台幣二一〇元
　　　平裝新台幣一五〇元

中　華　民　國　七　十　七　年　十　二　月　初　版
中　華　民　國　八　十　二　年　十　月　二　版　一　刷

ISBN 957-15-0578-1 (精裝)
ISBN 957-15-0579-X(平裝)